WOLF

LARA TAVEIRNE

WOLF

2024 Prometheus Amsterdam

Eerste druk september 2024
Tweede druk september 2024
Derde druk oktober 2024
Vierde druk november 2024

Omslagontwerp Kris Demey
Foto auteur Saskia Vanderstichele
Lithografie afbeeldingen BFC, Bert van der Horst, Amersfoort
Zetwerk Elgraphic
www.uitgeverijprometheus.nl
ISBN 978 90 446 5421 9

So I'm up at dawn
Putting on my shoes
I just want to make a clean escape
I'm leaving but I don't know where to
I know I'm leaving but I don't know where to

Bright Eyes, 'Landlocked Blues'

WEG

Je trok de deur van je studentenkamer dicht, gooide de sleutel over je schouder, kocht met je laatste geld een ticket naar het noorden en weg was je. In een valse herinnering keek je aan het einde van de straat nog een keer achterom en zwaaide.

Eerst wisten we niet dat je weg was. We dachten dat je alleen maar vertrokken was om weer terug te komen.

Mijn moeder keek onophoudelijk op haar rode Nokiatje.

De kamer die je achterliet leek op de kamer van iemand die haastig naar de winkel was vertrokken omdat hij nog iets vergeten was. Dat vertelde mijn jongste zus, die samen met mijn ouders naar je studentenkamer was gereden om na te gaan of je daar niet zat. Met z'n drieën gingen ze op de rand van je bed zitten wachten tot je terugkwam. Ik weet niet hoeveel tijd ze lieten verstrijken voor ze vonden dat het tijd was om weer op te staan.

Mijn moeder nam je vuile was mee, mijn vader je vuilnisbak. Thuisgekomen vond hij daarin de snippers van een afscheidsbrief. De eerste zin. Het kladje van iets wat een goed afscheid had kunnen worden.

Je kwam niet terug. Je zweeg in alle talen. Geen sms met enigmatische afkortingen. Geen mail vol uitroeptekens. Geen postkaart met zonnige groeten. Ook het rode Nokiaatje in de hand van mijn moeder bleef zwijgen. Toch geloofden we dat je als een verloren fietssleutel wel weer zou opduiken. Als bij toeval. Op een ongewone plek. Als we het het allerminst verwachtten.

Op een nacht schrok ik wakker omdat ik wist waar je was. In het buitenhuisje van onze ouders, die scheve barak op het verlaten platteland. Ik zag al voor me hoe je opgerold in die muffe sixtiesslaapzak lag te slapen.

Om geen tijd te verliezen stapte ik in de werklaarzen van mijn man. Met een maat 46 aan mijn voeten fietste ik over het onverlichte pad langs het kanaal naar het vakantiehuisje. Ik trapte harder dan ik ooit eerder had gedaan, omdat ik de eerste wilde zijn. Door mij zou het rode Nokiaatje van mijn moeder oplichten op haar nachtkastje: *Wolf is terug! Ik heb hem gevonden!*

Aangekomen bij het vakantiehuisje stak ik mijn hand achter de deur om het licht aan te knippen, maar het peertje wilde niet aanspringen. Toen bedacht ik dat mijn vader elke winter de elektriciteit afsloot. Als ik je wilde vinden, moest ik op de tast naar je op zoek. Met mijn armen voor me uitgestrekt, je naam fluisterend in het donker. Roepen durfde ik niet, doodsbang dat je je te pletter zou schrikken.

Je kwam elke dag niet terug. Niemand van ons herinnert zich hoe we de dagen doorkwamen.

Op een ochtend in februari stond ik de bevroren was van de lijn af te halen. We woonden in die periode in een vervallen sluiswachtershuis in de tochtige polders. Ik haalde stijve kinderpyjama's en keiharde broeken van de waslijn toen mijn oog op iets naast mijn voet viel: het groen van een narcis die zich door de bevroren grond naar boven had gewrongen. Zonder nadenken plantte ik de hak van mijn laars in de aarde en vermorzelde die moedige plant. Een nieuw seizoen, dat moesten we zien te vermijden.

Nog geen seconde later brak er een beangstigende gedachte door, een die zich al twee maanden koest had gehouden. Misschien was je niet de weg kwijtgeraakt, maar jezelf. En als je jezelf kwijt was, wie waren wij dan om te denken dat we je terug zouden vinden? In één stuk?

Maar de lente kwam toch. Op de kalender stond zelfs dat het je verjaardag was. Maar niemand van ons wist hoe we het moesten vieren. Of we taart moesten halen. En of we wel of niet een jaar mochten bijtellen.

Ik had een fotoshoot die dag, zat tegenover een vrouw die lekker rook en met een kwastje foundation uitsmeerde op de rug van haar hand. 'Nieuwe poging,' zei ze, nadat ik haar hele werk kapot had gehuild. Die volstrekt vreemde vrouw was de eerste aan wie ik het had durven te zeggen: 'Ik denk niet dat mijn broer vandaag negentien is geworden.' Dat ik mijn ogen dicht had hielp om die woorden te kunnen uitspreken.

Ik legde uit dat ik me ontzettend schaamde voor die gedachte, omdat de rest van mijn familie wel hoopvol bleef. Ze zei: 'Het kan natuurlijk ook dat jullie allemaal doen alsof, voor elkaar.'

In mijn herinnering was het diezelfde avond dat ik naar een concert zou gaan met een vriend, die onze afspraak vergeten was, wat ik natuurlijk niet wist, waardoor ik op hem bleef wachten in de grote art-deco-entreehal. Ook toen er niemand anders meer stond te wachten en een veel te aardige vrouw van de organisatie kwam zeggen dat ze nu echt wel wilden beginnen, bleef ik toch staan. Ik hoorde dat de twee grote deuren werden gesloten en even later dreunde het concert als een doffe hartslag in de verte. Op straat viel de plenzende regen zijwaarts naar beneden. Na al die jaren kan ik me er nog altijd over verbazen waarom ik niet naar binnen ging om te wachten. Waarom ik mezelf had buitengesloten met mijn pijn.

En toen ging de telefoon. Later zou mijn moeder zeggen dat ze het al wist door de manier waarop die rinkelde.

Het was een bloedhete dag in mei. Samen met mijn man en de kinderen was ik vrienden aan het helpen op de boerderij. We zaten ver uit elkaar verspreid over het veld, bezig knoflook te planten. Onze kinderen waren samen met de oudere kinderen van onze vrienden bij de moddersloot aan het spelen. Met een lange aanloop sprongen ze om de beurt in het water. Gegil en gespetter. Het hoge geblaf van hun nieuwe hondje. Lente vermomd als hoogzomer.

Toen kwam mijn vriendin vanaf het huis het veld in gelopen, mijn telefoon hoog in de lucht. Ze zei dat hij onophoudelijk bleef rinkelen. Dat ik maar beter even kon kijken wie me zo hard nodig had. Op dat moment begon de telefoon alweer kabaal te maken.

Je was gevonden. Het klonk als goed nieuws. En zo begreep ik het eerst ook, toen ik het mijn vader hoorde zeggen. 'Ze hebben Wolf gevonden. In het bos. In het bos.' Hij huilde zo erg dat ik dacht dat het lachen was, onbedaarlijk lachen. Het soort lachen dat alleen weerklinkt als een vader zijn verloren zoon heeft teruggevonden. 'In het bos. In het bos.' Het was gestolen uit een liedje. Ik zag je huppelend tussen de bomen lopen, wiegend met een mandje. Maar ineens viel me op dat er een randje zat aan het lachen van mijn vader. Toen ik begreep dat ik naar mijn huilende vader luisterde, moesten mijn emoties een scherpe bocht nemen. Een zeer scherpe bocht. Daar kon geen mens heelhuids uit komen.

Je was gevonden. Of beter: je lichaam was gevonden. In een naaldbos in het hoge noorden van Zweden. Je werd gevonden door een vrouw die haar weggelopen hond achterna was gegaan. Ze vond jou en de hond tegelijkertijd. De dooi had nog maar net ingezet. De takken drupten nog.

Verscholen onder dikke lagen winterse kleren vonden de speurders een dagboek terug. Een zwart Moleskineschrift, waar je de laatste dagen van je leven in had neergeschreven. Op de kaft had je met Tipp-Ex een kompas getekend, de naald wijzend naar het noorden.

Of dit allemaal aan me verteld werd toen ik daar met de telefoon tegen mijn oor in het veld stond, weet ik niet meer. Wel meen ik me te herinneren dat de hond was opgehouden met blaffen en dat ik ook mijn kinderen nergens meer hoorde. Dat de wereld om me heen was dichtgevroren.

Ik weet alleen van horen zeggen dat ik toen ben gaan lopen. Op mijn slappe benen. Volgens mijn vriendin met een bovenmenselijke snelheid. Ik denk dat ik geloofde dat ik de pijn nog altijd te snel af kon zijn.

Onze vrienden hebben een stadsboerderij, waardoor ik ineens van de velden midden in de woonwijk stond. Daar viel ik stil, omdat de kinderen op straat, met hun stepjes en hun springtouwen, me aankeken alsof ik van een ander zonnestelsel kwam. In zekere zin klopte dat wel. Het stukje dat ik had afgelegd overspande de afstand tussen wie ik altijd was geweest en wie ik nooit meer zou worden. Zoiets laat zich enkel in lichtjaren uitdrukken.

Terwijl het altijd moeilijk was geweest om een datum te vinden voor een familiefeest, keerden we nu allemaal zonder dralen terug naar het huis van onze kinderjaren.

Toen mijn man me in de auto tilde, vergat hij mijn gordel vast te maken. Mijn vriendin deed dat toen. Dat zijn handelingen die je nooit meer vergeet. Ze worden opgeslagen in een apart doosje in je geheugen.

Onderweg naar België hielden we een tussenstop op een snelwegparking die baadde in de blakende zon, alsof we ergens in het zuiden waren. Ik gaf over achter de glasbol en mijn man droeg me op zijn rug terug naar de auto, want ik had geen schoenen aan.

Weken later vonden onze vrienden mijn laarzen terug in het veld, bij een onafgewerkt rijtje plantlook. Ze waren volgeregend.

Wij, de vier overgebleven kinderen, ontmoetten elkaar in de tuin bij onze ouders. En hoewel we nooit echt lichamelijk met elkaar waren geweest, vielen we elkaar nu in de armen en huilden elkaars gezichten nat.

Als ik me goed herinner, hebben we daar de hele middag op het tuinpad gestaan. In elkaars armen. Die eerste golven van verdriet vingen we samen op. Zoals we vroeger op het strand samen het zandfort hadden verdedigd. Met onze strandscheppen hoog in de lucht gestoken, omdat we geloofden dat dit de zee zou afschrikken.

Het was vreemd, we huilden om je, maar intussen waren we ook op je aan het wachten. Met een half oog hielden we de achterpoort in de gaten. Alsof je daar zo doorheen naar binnen kon lopen. Zoals altijd te laat. Je sigaret uitduwend tegen je schoenzool. 'Is er iemand dood misschien?'

Je kwam pas dagen later terug. In een zak die we in geen geval mochten openmaken. Er zaten geesten in die ons een leven lang zouden achtervolgen. Dat werd ons gezegd door iemand die daar verstand van had. Het was een zwarte zak met een rits die niet open mocht.

Het was mei en nog steeds broeierig heet toen je in die zak op de luchthaven aankwam. Ik herinner me een gesprek waarin mijn moeder zich hardop afvroeg of niemand van ons je daar moest opwachten. We negeerden haar vraag, en daar heb ik nog altijd spijt van. Ik had die taak op me moeten nemen. Niet voor jou, want ik geloof niet dat doden iets als dankbaarheid kunnen voelen. En al zeker niet voor mezelf, want ik kan me niet eens voorstellen hoe idioot ik me zou hebben gevoeld als ik daar wel had gestaan in de aankomsthal met je naam op een kartonnen bordje. Maar ik heb spijt dat ik het niet heb gedaan voor onze moeder, die het volgens mij troostend had gevonden als iemand haar verloren zoon had staan opwachten toen hij na een halfjaar eindelijk weer thuiskwam.

Zodra de zwarte zak bij de begrafenisondernemer was afgeleverd, wilde ik naar je toe, maar dat kon niet, want de kinderen kwamen net terug van de kleuterschool en ze moesten nog eten en in bad en ze wilden nog een verhaaltje voor het slapengaan.

Net voor sluitingstijd verscheen ik in een vrolijke zomerbroek op de stoep bij de begrafenisondernemer. Hij keek eerst naar mijn broek en toen in mijn ogen. Hij zei: 'Dat moet een vergissing zijn, juffrouw. We hebben hier niemand die Wolf heet.'

Je was nog maar net gevonden en ik was je alweer kwijt.

Blijkbaar stond ik bij de verkeerde begrafenisondernemer. Te voet ben ik toen van de ene naar de andere gegaan, omdat ik met al die tranen niet meer achter het stuur durfde. Mijn nog levende broer legde aan de telefoon uit hoe ik moest lopen. Het voelde veilig, alsof ik met een touwtje met hem verbonden was.

De tweede begrafenisondernemer deed de deur open als voor bezoek waar hij lang naar had uitgekeken. En toen had ik al meteen heimwee naar de eerste, de man die had gezegd: 'Wolf? Dat moet een vergissing zijn, juffrouw, we hebben hier helemaal geen Wolf.'

De tweede begrafenisondernemer droeg witte handschoenen, waarmee hij zwierig de deur opende van het kamertje waar je lag. Door die handschoenen moest ik aan een goochelaar denken, ook omdat hij er ernstig bij keek. Alsof er zo meteen magische dingen zouden gaan gebeuren.

Vroeger namen wij, je drie zussen, je graag mee naar de rommelmarkt. Wij kochten lp's van Leonard Cohen en Jane Birkin, afgetrapte motorlaarzen, Bilitis-jurken, emaillen waskommen, plastic Maria-flessen uit Lourdes. Jij, een jaar of zes, liep stralend van trots achter ons aan omdat je een goocheldoos had gescoord. Het was de periode waarin je op familiefeesten verscheen met je hoge hoed op en een tante opmerkte dat je er zo gelukkig uitzag met dat ding op je hoofd. Ze zei: 'Toch een merkwaardig fenomeen: zet een kind een hoge hoed op en hij gelooft dat hij een goochelaar is.'

Ik weet nog dat ik dat toen een mooie gedachte vond: dat je door die hoge hoed, een erfstuk van onze overgrootvader, geloofde dat je een goochelaar was. Maar nu denk ik daar anders over. Zo'n soort kind was jij niet. Jouw gedachten sloegen altijd een paar stappen over. Volgens mij was dit de gedachtegang: als een goochelaar dingen kan laten verdwijnen, dan kan die ook zichzelf laten verdwijnen. Met die hoed op je hoofd geloofde je al dat je weg was. Vandaar die brede glimlach.

De kamer die de begrafenisondernemer opende was aangekleed als een theaterdecor. Er kon zo een stuk van Ionesco in worden opgevoerd. In het midden stond een onderstel op wieltjes, waar iemand een deftig kleed omheen had gedrapeerd. Daarbovenop stond de kist waar jij in lag, verpakt in die zwarte zak.

De witte handschoenen wezen me een plek aan op een van de zachte stoelen die in een rij tegen de muur stonden opgesteld. Gehoorzaam ging ik zitten, maar ik vond het oneerlijk dat er voor mij niet ook zo'n knusse zwarte zak was voorzien. Een plek die je van binnenuit kon dichtritsen.

De man met de witte handschoenen verdween. Gewoon door de deur dicht te doen. Niet door middel van een spectaculaire truc.

Nu ik daar alleen achterbleef, werd ik geconfronteerd met een emotie die helemaal nieuw voor me was. Ik voelde me heel levend. Zeker met die opzichtige broek aan.

Er hing een drukkende stilte in het kamertje. Bij leven konden we altijd op jou rekenen om de tijd vol te praten. Nu lag alle verantwoordelijkheid bij mij. Ik moest iets zeggen. Maar het was zo stil in die geïsoleerde bunker dat zelfs een gefluisterd woord als een donderslag zou klinken. En je leek ook zo ver weg. Ik kon het niet ontkennen: de vijf maanden van je vermissing waren tussen ons in komen staan.

Ik dacht na over wat ik kon zeggen – iets wat alles mooi zou afsluiten. Op dat moment was 'afsluiten' een woord waar ik nog oprecht in geloofde. Maar omdat er niks kwam, ging ik naast je kist staan en legde er plechtstatig mijn hand op. Ik bewoog mijn lippen, zonder echt iets te zeggen. En terwijl ik daar stond, kon ik me maar niet van de gedachte ontdoen dat ik bekeken werd. Was die wandspiegel wel een echte spiegel? Of zat daarachter een team van wetenschappers die me bestudeerden? Ik rechtte mijn rug, wilde graag dat ze in hun schriftje noteerden dat ik volstrekt normaal was. Dat mijn broek een beetje onaangepast was, maar dat ik verder normaal functioneerde.

Het wandlampje knipperde hinderlijk. Iemand met een beetje spiritualiteit had er ongetwijfeld een hartverwarmend teken in gezien. Bij het naar buiten lopen wilde ik bij de goochelaar melding doen van het haperende peertje, maar ik hield mijn mond uit angst voor de wetenschappers achter de spiegel. Als zij hoorden dat ik met mijn gedachten niet alleen bij mijn verdriet, maar ook bij de wandgarnituur was geweest, zouden ze ongetwijfeld alle eerdere bevindingen doorkrassen en regelrecht naar de conclusie gaan: harteloze zus.

We verschansten ons in het ouderlijk huis, met de rolluiken dicht, maar het bezoek vond ons toch. Het was visite die niet van ons verwachtte dat we het plezierig of gezellig maakten. Ik weet nog dat ik hoopte dat we voorgoed van die belastende taak verlost zouden zijn.

De bezoekers konden opgedeeld worden in verschillende categorieën. Dat bedacht ik later. Op het moment zelf herinnerde ik me amper de namen van die lieve mensen.

Je had de kleurrijke rouwers, vooruitstrevende figuren die geloofden dat je ook kunt rouwen in knalgeel. In die dagen kwam ik erachter dat ik toch eerder een aanhanger ben van klassieke rouwkledij. Paarse permanentjes, zelfgemaakte kralenkettingen en bontgekleurde broekpakken – het deed me op de een of andere manier pijn. Ik vond dat erg ouderwets van mezelf, maar ik kon er niks aan doen. Ik verkoos grijze, vormeloze silhouetten. Modetechnisch waren die de beste benadering van stilte.

Dan had je ook de zwijgers, wat opvallend vaak werknemers van mijn vader waren. Ze herkenden hun directeur niet meer, versteenden bij de aanblik van zijn grauwe gezicht, niet eens bij machte om een stoel onder hun kont te schuiven. Ze bleven bedremmeld staan in het midden van de kamer en vergaten na afloop om hun boeketten en weldoordachte kaarten af te geven. Die lieten ze later achter bij de voordeur.

Je had de raadgevers, de grote kenners van verdriet, zij die ons kwamen uitleggen dat rouw geen lineair verloop kent, maar dat de pijn in golven zou komen. Bij het uitbeelden van de golven stootten ze de zwijgers omver, want het ging niet om wat deining in de branding, maar om tsunami's. Dat wilden de raadgevers ons duidelijk maken, ervan overtuigd dat rouwenden gebaat zijn bij duidelijkheid.

Mijn lievelingssoort, dat waren de doeners. De nicht van mijn moeder die de kamers boven ging stofzuigen. Onze oude huisdokter die de kussens in de bank herschikte en zijn vrouw die intussen mijn moeder in de douche hielp.

Onder de doeners viel ook een opvallende subgroep te noteren: de culinaire vechtersbazen. Bezoek dat met volle boodschappentassen in de keuken verdween om daar hun succesvolste recepten klaar te maken. Op de eettafel verschenen mooi gepresenteerde maaltijden, maar geen mens die er een hap van at.

Mijn beste vriendin bracht een boodschappentas vol op elkaar gestapelde diepvriesmaaltijden mee. Een onverwacht lief gebaar waardoor ik haar geëmotioneerd om de hals vloog, wat haar licht ongemakkelijk maakte, want ze had die maaltijden niet zelf gemaakt, bekende ze. Ze had die potjes alleen maar bij haar moeder uit de diepvries gehaald. Die avond gooide ik al die gelabelde bakjes in de vuilnisbak, en ik vond niet dat ik me daar ook maar een beetje schuldig over hoefde te voelen.

Het slaat helemaal nergens op, maar het is zoals het is: er gaat een enorme troost uit van een potje eten dat niemand opeet. Op voorwaarde dat het met liefde is klaargemaakt.

Zo was er de hyperkinetische vriendin van mijn oudste zus die geruisloos in de keuken soepgroenten stond te snijden. Ze fluisterde dat het een helende soep zou worden, die ons vanbinnen lekker warm zou maken. Tijdens het koken merkte ze dat er geen oregano in het kruidenrekje stond, waardoor ze op haar gele sportfiets sprong en alle nachtwinkels van de stad afging op zoek naar een potje oregano, het kruid dat haar soep af zou maken. Op dat moment was dat het liefste wat iemand voor ons kon doen. In tijden dat niks helpt gelden er andere regels.

We huilden dagen aan één stuk en 's nachts namen we geen pauze. Ik verbaasde me erover dat mijn lichaam zo snel nieuwe tranen kon produceren, zoals ik me er als beginnende moeder ook altijd over had verbaasd dat de melk onuitputtelijk uit mijn borsten bleef stromen.

Ik droomde elke nacht over het bos waarin je was gevonden. Een pikdonker naaldbos. Alleen op de tast kon ik erachter komen of je er lag. Dat je er al die maanden had gelegen.

In je oude schoolatlas wreef mijn vader over Lapland en hij legde uit dat het geen land is, maar een gebied dat noordelijk Noorwegen, Zweden, Finland en Rusland beslaat. Op Wikipedia vond hij interessante weetjes, die hij aan ons voorlas. Dat Lapland de laatste wildernis van Europa wordt genoemd. En dat de zon er grillig haar eigen zin doet. Voor ons zat daar iets van troost in. Een sprookjesland waar de zon in de winter niet opkomt en in de zomer niet ondergaat.

In de eerste weken zeiden we tegen de mensen dat je was gestorven in Lapland. Een land dat geen land is – het leek makkelijker om je daarin te verliezen. Het maakte het minder werkelijk. (Laatst stond er iets in de krant over een baby die dood werd geboren in een toilethokje in Disneyland. Dat heeft hier niks mee te maken en toch ook wel.)

Er was tijd nodig voor we tegen de mensen konden zeggen dat je in Zweden was gestorven. Er was veel meer tijd nodig voor we gezegd kregen dat je je eigen dood tegemoet was gelopen.

Met Google Maps reisden we je achterna. We gingen naar het stadje waar je uit de nachttrein was gestapt. Het net-niet-noordelijkste station van Zweden, omdat je voor een reis naar de eindhalte niet genoeg geld op zak had.

Mijn vader had duidelijk al veel tijd doorgebracht op Google Maps, want hij kende er de weg al. Hij liet zien wat de kortste weg was vanaf het station naar het bos waar je het leven liet. Hij ging ervan uit dat je in een rechte lijn je dood tegemoet was gelopen, dat je wel zo doeltreffend ingesteld was. Het was een troosteloos parcours door een ingeslapen mijnstad, langs nieuwbouwblokken, bungalows, bedrijfsgebouwen en pakhuizen. Net toen we het gevoel kregen dat we het daar ook een beetje kenden, wees mijn vader ons erop dat de computerbeelden in de zomermaanden gemaakt waren, terwijl jij er in december was geweest. Kortom, we moesten het landschap in ons hoofd aanpassen. Sneeuw op de daken, bandensporen op de witte wegen, alles doordrongen van het troosteloze winterduister van de poolnacht. Door die toevoegingen zagen we je niet alleen lopen over de verlaten wegen, we hoorden het nu ook. De krakende sneeuw onder je voeten. En we voelden het ook: de ijzige wind, de doorweekte kleren, de koude tenen, wiebelend in je goedkope sportschoentjes. Maar waar we maar niet konden komen, dat was in je hoofd. Welke gedachten tolden daar rond tijdens je allerlaatste kilometers?

Ik heb lang gedacht dat het diepdroevige gedachten moeten zijn geweest. Maar ook in het aangezicht van de dood, dat weet ik nu, denken we niet verhevener dan wanneer we aanschuiven in de rij bij kassa 4. We denken banaal, onzinnig, verstrooid, middelmatig. We denken niet in filosofische termen – wel aan de verkeerde broek of aan het lichtpeertje dat knippert. En als het allemaal toch een beetje eng en eenzaam dreigt te worden, dan verzinnen we een team wetenschappers die toekijken. Dat heb jij ook gedaan, dat weet ik zeker, zo goed ken ik je nog wel; je hebt iedereen die je bij leven hebt gekend boven je in de verduisterde hemelkoepel getekend. Je hebt ons laten toekijken hoe je eenzaam uit het leven stapte. Misschien – een beetje ijdelheid was je niet vreemd – liet je ons wel applaudisseren.

Een kleine voetgangerstunnel verbindt de laatste woonwijk met een onmetelijk bosgebied. We hebben het vaak geprobeerd, maar het gele mannetje van Google Maps wilde er niet onderdoor. Ik denk dat we daardoor allemaal met hetzelfde beeld opgescheept zitten: hoe je op je rug in die tunnel verdwijnt. In de kleren die je droeg op de foto van de vermissing. De roestbruine jas en de ouderwetse canvas rugzak. Hoe je in die tunnel deel werd van het donker.

Ook het bos waar je bent gestorven was onbereikbaar voor het gele mannetje. Het wilde niet worden neergezet in dat immense donkergroene vlak, tot grote frustratie van onze oudste broer. Ik zuchtte en foeterde met hem mee, in de veronderstelling dat het zijn kwaadheid zou afzwakken, maar vanbinnen voelde ik niks dan opluchting, want het laatste wat ik wilde was dat bos in gaan. Ik bleef liever aan de voetgangerstunnel staan. Het was een goede plek om je uit te zwaaien.

Op de ochtend van de begrafenis was het gruwelijk warm. Onze zwarte kleren plakten aan ons lijf. Dat jij door de kou gestorven was, daar was veel verbeelding voor nodig.

Ik wilde niet dat mijn kinderen een begrafenis moesten meemaken en dus kwam er een vriendin op ze passen. Al heel vroeg stond ze voor de deur, met een grote camera om haar nek. De hele ochtend maakte ze foto's van me: toen ik boterhammen stond te smeren voor de kinderen, toen mijn man me in mijn zwarte jurk hielp, toen ik mijn tekst een laatste keer oefende voor de badkamerspiegel. Ik vond het ongewoon dat ze me wilde vastleggen op de droevigste dag van mijn leven. Het resultaat van die fotoreeks heb ik nooit te zien gekregen en ik durf haar er ook niet naar te vragen, doodsbang dat er iemand op die foto's staat die ik niet eens ken.

Je werd de kathedraal binnengedragen door mannen die je bij leven ook op hun schouders hadden genomen. Door de kerkboxen klonk 'On the Nature of Daylight' van Max Richter. De klank was van een mindere kwaliteit dan toen het jaren daarvoor had weerklonken op de modeshow van mijn oudste zus, een defilé dat jij opende, samen met je beste vriendinnetje. Elf jaar oud waren jullie en zelfbewust stapten jullie de catwalk op. De collectie was geïnspireerd op de Franse Revolutie en de strijdlust zat niet alleen in jullie kleren met gescheurde mouwen, maar ook in jullie helderblauwe ogen. De beelden staan op een VHS-videocassette. Schouder aan schouder lopen jullie over de catwalk. Jij draagt een vlaggenstok, die je met je twee handen stevig vasthoudt. Achter jullie aan sleept een rode vlag. Meters- en meterslang, er lijkt maar geen einde aan die vlag te komen. Je loopt een beetje voorovergebogen om het gewicht van al die stof voort te kunnen trekken. Er is niemand in de zaal die niet een beetje aan de laatste wandeling van Jezus moet denken.

Na de kist was het aan ons, de zussen, om de kerk binnen te stappen. We hadden nog maar een paar stappen gedaan toen mijn oudste zus in elkaar zakte, zomaar op de witmarmeren tegels van het gangpad. Ik kon alleen maar denken: niet nu, iedereen kijkt!

Mijn ouders kan ik me vreemd genoeg niet herinneren in die stoet. Alsof ze al lang voor onze komst op hun stoel op de eerste rij zaten. De beste plek. De eregasten. Met hun rechte ruggen en hun handen als dode diertjes in hun schoot. Wel weet ik nog dat mijn moeder er heel goed uitzag en dat ik me daarover verbaasde. Hoe kon je nu mooi zijn op de begrafenis van je kind? Later besefte ik dat ik alleen maar dacht dat ze mooi was omdat ze leek op de modellen uit de jaren negentig. Graatmager, met een getekend gezicht en mijnwerkersogen. Nu weet ik dat 'ziek' en 'verslagen' betere omschrijvingen zijn dan 'mooi'.

In alle hoeken en gaten van de kathedraal zaten mensen. Allemaal wilden ze deel uitmaken van je afscheid. Als dit een theateroptreden was, dacht ik, dan hadden we van een groot succes gesproken, me ervan bewust dat het grondig fout was om dat te denken.

Tijdens de dienst had ik zicht op een vroegere geliefde. Hij zat tussen zijn ouders, alsof hij altijd een jongen van zestien was gebleven. Om oogcontact met me te maken moest hij een beetje achteroverleunen, wat hij deed. Er lag diepe spijt in zijn ogen, alsof hij wilde zeggen: als ik had geweten dat je dit nog zou meemaken, had ik je als meisje van zestien niet zo veel pijn gedaan.

Na afloop van de afscheidsdienst kostte het uren voor we alle aanwezigen de hand hadden geschud. Een vriendin van mijn moeder kwam dierenkoekjes in onze zakken stoppen, zodat we niet zouden flauwvallen. Mijn oudste zus gaf haar dieren aan mij. Zij had geen honger meer, zei ze, en ze kon zich niet voorstellen dat die ooit nog terug zou komen.

Een kalende man stapte uit de rij en verkondigde dat iedereen naar huis moest, omdat wij, de familie, rust nodig hadden. Hij sprak heel overtuigend en toch was er niemand die in beweging kwam. Iedereen wilde ons met een handdruk laten voelen dat ze de pijn wilden helpen dragen. Ook de man met de goede bedoelingen nam zwijgzaam zijn plek in de rij weer in.

Mijn jongste zus had nog maar pas een nieuw vriendje. Hij stond samen met ons handen te schudden, maar hij had jou nooit ontmoet. Ze waren verliefd geworden in de verwarrende maanden van je vermissing. Die jongen kende jou alleen van foto's, maar foto's zeggen niet alles. Niet hoe je klonk, niet hoe ingewikkeld je gedachten waren, niet hoe makkelijk het was om je graag te zien en hoe makkelijk dat gevoel ook weer kon omslaan. We hadden het nieuwe vriendje van onze zus nog maar één keer gezien en mijn moeder had gezegd: 'Jongen toch, je had eerder moeten komen.' Alsof hij te laat op het feest was gearriveerd.

Toen het jeugdvriendje van mijn jongste zus ineens in de rij verscheen, was aan zijn verfrommelde hoofd en zijn rode ogen te zien dat hij wel wist wie we waren verloren.

Bij elke hand hoorde een mens die bij een bepaalde periode uit ons leven hoorde. Daardoor was elke handdruk ook een afscheid van ons vroegere zelf. Jouw dood had een barst veroorzaakt, een breuklijn dwars door ons leven, waardoor ons ongeschonden zelf voor altijd onbereikbaar aan de overkant lag.

Mijn jeugdvriendin en ik omhelsden elkaar lang en ik wist zeker dat we in gedachten allebei in de zomer van 1993 waren. Meisjes van tien. Het einde van het scoutskamp. Mijn ouders die het stoffige kampterrein op kwamen gereden in de rode Opel Kadett. Ik die naar mijn moeder toe rende omdat ik haar warme lichaam zo had gemist. En toen ik tegen haar aan stond, fluisterde ze in mijn oor: ‘Er zit een kindje in mijn buik.’

Toen mijn vriendin en ik daarna op de hooizolder onze achtergelaten schoenen gingen zoeken, vertelde ik haar het geheim dat in de buik van mijn moeder groeide. Niet omdat ik mijn geluk niet op kon en het met iemand moest delen, maar wel om haar jaloers te maken, want een heel eigen broertje of zusje, daar zou zij nooit ofte nimmer nog boven kunnen.

Toen mijn vriendin en ik elkaar zoveel jaar later in de kathedraal stonden te omhelzen, vroeg ik me af of ze zich niet ook een beetje triomfantelijk voelde omdat dat heel eigen broertje van mij nu dood was.

Er stonden mensen in de rij die we niet hadden verwacht, zoals de ouders van mijn beste vriendin. Als opgroeiende tiener was ik met ze mee op reis gegaan. Ze betaalden mijn ijsjes, herinnerden me eraan dat ik me moest insmeren met zonnecrème, kochten een ticket voor het archeologisch museum voor me. Het waren een beetje afstandelijke mensen en toch liet ik me nu schaamteloos in hun armen vallen. Misschien realiseerde ik me op dat moment dat ik niet alleen mijn broer, maar ook mijn ouders een beetje kwijt was.

Bij het handenschudden lieten we ons troosten, maar we vergaten dat er mensen in de rij stonden die jou even hard misten als wij. Of dieper. Of anders. Jongens die jou hun beste vriend hadden genoemd. Omdat je als kleuter met ze had staan zwaardvechten. Jonge mensen met wie je een Rail Pass en pakjes tabak had gedeeld. Jongens die met je mee op pad waren gegaan. Meisjes die je aan het lijntje had gehouden. Het meisje dat een hele nacht achter op je fiets had gezeten.

De mensen bedoelden het troostend toen ze op hun kaartjes schreven dat de herinneringen zouden blijven. Maar eerlijk, dat deden ze niet. Ik herinner me je steeds minder. Toch wil ik over je schrijven. Ik wil je terugschrijven. Antwoorden op de afscheidsbrief die we niet kregen, omdat de poging in snippers in je vuilnisbak is beland.

Laatst verscheen je zo helder in een droom dat ik je bijna aan kon raken. Je stond op het tegelpad in de tuin van onze ouders. Nog maar een kind. In opperste staat van concentratie was je touwtje aan het springen. Het touw zwiepte over de tegels. Maar toen zag je iets op de grond liggen. Je bukte om het op te rapen, maar je pakte niks op. Je keek omhoog. Die grote blauwe ogen in je sproetengezicht. 'Kijk dan!' riep je. 'De zon is op dezelfde tegel als ik.' En toen begon je als een gek te springen en te stampen. 'Ik maak de zon kapot! Kapot! Kapot! Kapot!'

Het zijn valse herinneringen. Ze cirkelen om je heen, proberen je in een hinderlaag te lokken, je terug te brengen naar de plek waar je thuishoort. Hier bij ons.

TERUG
(in de tijd)

Er zijn de foto's van onze jeugd en er zijn de herinneringen. Het probleem is dat de herinneringen op de foto's zijn gaan lijken.

Ik ben altijd stikjaloers geweest op de foto's van mijn oudste broer en zus. Niet alleen omdat hun kinderjaren netjes in stoffen albums zijn geplakt, maar vooral omdat zij opgroeiden in de kleuren van de jaren zeventig. Rondspringend in sponsbroekjes. Een regenboog in de sproeistraal van de tuinslang.

Er is een foto van mijn vader die jong, maar afgepeigerd aan een rommelige tafel zit met mijn oudste zus als rozige baby op zijn schoot. Op de tafel staat de typemachine waarop hij zijn scriptie aan het schrijven is: *Indicatiestelling voor gedragstherapie.*

Mijn oudste zus mocht mee op huwelijksreis, netjes opgekruld in de buik van onze negentienjarige moeder. Ze werd gemaakt in een gebloemde sixtiesslaapzak nabij het Middelheimpark, in de studentenkamer van een vriendin die glaskunst studeerde, iets wat haar ouders afkeurden, omdat ze bang waren dat het haar haar lange pianovingers zou kosten. Honderden keren heeft onze moeder de ontstaansgeschiedenis van haar eersteling verteld en elk detail leek van cruciaal belang, ook de pianovingers van haar vriendin. Het verhaal eindigt in een met kalk beslagen douchecabine, waar mijn ouders elkaar de ochtend na hun allereerste keer inzeepten met zeep die naar groene appels rook. Het is ons zo vaak verteld dat ik geen granny smith meer kan eten zonder aan seks te denken. Door de herhaling begrepen we dat het de nacht is geweest die het leven van onze moeder op vele manieren heeft veranderd.

Een paar maanden later vindt er een huwelijk plaats. Op de ochtend van het feest past mijn moeder niet meer in de witte jurk. Er wordt een handige tante bij gehaald die met een tornmesje de trouwjurk openlegt bij de naad en er een brede lap witte stof tussen naait. Ze heeft een zachte stem en veel troostende woorden, maar als ze hoort dat mijn moeder van plan is om op haar houten tuinklompen naar het altaar te lopen, verlaat ze misnoegd de kamer, zich verontschuldigend tot de Heer die schaars gekleed aan zijn kruis boven de deurpost hangt.

Ze krijgen opvallend veel keukenspullen cadeau, alsof de gasten geloven dat mijn moeder vanaf heden nooit meer uit haar keuken zal komen. Een snelkookpan, een pureestamper, een frietsnijder, uitsteekvormpjes, een fondueset, een elektrisch vleesmes. Van hun vrienden krijgen ze een sprei cadeau, waar ze allemaal een eigenzinnige zelfgebreide lap aan hebben bijgedragen. Mijn ouders hebben zo veel vrienden dat de sprei moeiteloos vier bedden kan bedekken. Ook dragen ze allemaal iets bij aan de aanschaf van een dik rood boek, de verzamelde sprookjes van Grimm. Op de kaft staat Vrouw Holle, die de donsdeken uitschudt, waardoor het sneeuwt op aarde.

De dag na het feest vertrekken mijn ouders op huwelijksreis. Op de fiets naar Zeeland. Op een van de zwart-witfoto's van die reis zie je hun met bloemen versierde fietsen in de berm langs het kanaal liggen. Het is een vreemde foto. Mijn ouders staan er niet op, maar toch weet je dat ze verderop in het hoge gras liggen. Wie anders maakte de foto? Ze hebben hun fietsen haastig in het gras neergegooid, omdat ze behoefte hebben aan een middagdutje. De nacht ervoor hebben ze gedanst tot de ochtend.

De huwelijksnacht dreigt in het water te vallen, want ze kunnen maar geen hotel vinden. Toch geven ze niet op. Na alle hotels te zijn afgegaan, kloppen ze bij huizen aan. Ze zoeken naar gevels die op vriendelijke gezichten lijken, maar de gezichten die opendoen zijn minder warmhartig dan de ramen met koddige gordijntjes.

Ze proberen nog één huis, in Schoondijke, waar een lange, breedlachende man de deur opent. Nog geen paar seconden later verschijnt ook het hoofd van zijn vrouw. Ze vinden het grappig, dat verwaaide stel, met hun slordig bepakte fietsen, het onkruid in hun haar en tussen hun spaken. De man zegt: 'Excuses, jongelui, de herberg is vol.'

Omdat mijn moeder nu zichtbaar echt de moed verliest, laat de vrouw haastig weten dat het maar een grapje is van haar man en ze zet de voordeur wagenwijd open. Ze gaat het pasgetrouwde stel voor naar een kamer op de eerste verdieping. Een heel eigen kamer met streepjesbehang en een tweepersoonsbed.

Mijn ouders zien Veere en keren terug. Alsof ze toch nog niet helemaal klaar zijn voor het getrouwde leven, in een kamer met een gehaakte beddensprei en streepjes op het behang.

Weer thuis vertrekt mijn moeder hoogzwanger op een kamp met jongeren met een beperking. Mijn vader heeft geen tijd om haar te missen. Verkleed als circusdirecteur ontvangt hij buurtkinderen met ingewikkelde thuissituaties in een zelfgetimmerde woonwagen.

Pas halverwege oktober schuiven ze weer in elkaars armen over de dansvloer. Mijn ouders zitten in de organisatie van een groot jeugdfeest met de ietwat surreële titel 'De 20 pimpelpaarse jaren van Pietje Ferniengk'. Er bestaan beelden van dat feest, 8 mm, waardoor het lijkt of alles zich in versneld tempo heeft afgespeeld. Straten zo vol dat het wel de bevrijding in kleur lijkt. Armand en Bots op het podium. Verklede en geschminkte kinderen op het toneel. Een groepje vrienden ligt te stoeien op het gazon naast de gestreepte feesttent. Ik herken mijn vader met zijn hoge hoed op en mijn moeder, die zich met haar dikke buik een beetje afzijdig houdt.

In de blauwe uren na het pimpelpaarse feest komen mijn ouders thuis in de Sulferbergstraat, waar ze een piepklein rijhuis huren, dat ze het dingdonghuisje noemen, naar het geluid dat de deurbel maakt, die in die tijd onophoudelijk rinkelt. Mijn ouders zijn de enigen in de vriendenkring met een eigen stek. Het duurt dan ook niet lang voor iedereen de weg blind en dronken naar de Sulferbergstraat weet te vinden. Ook de ochtend na het feest.

In het licht van de oranje bol boven de keukentafel zitten mijn vermoeide ouders en hun vrienden het geld te tellen dat het feest heeft opgebracht. Stapels munten en bij elkaar gebonden briefjes. Iemand maakt een grap over een bankoverval. En dan breekt het vruchtwater van mijn moeder. Een vriend denkt dat hij zijn glas water tegen de kater omver heeft gestoten.

Die ochtend wordt mijn oudste zus geboren. Drie weken te vroeg, maar wel al helemaal compleet.

Het geboortekaartje wordt gedrukt met de stencilmachine in de kelder van de jeugdraad. Normaal rollen daar uitnodigingen uit voor fuiven en flyers vol slogans: STOP KERNENERGIE!

Het geboortekaartje is hemelsblauw met een eenvoudige pentekening van een kinderwagen. Daaronder staat een getypte brief van mijn vader. De brief begint niet hemelsblauw:

Waarom nog nieuw leven brengen
op een wereld waar zo weinig goeds
voor kinderogen te zien valt.

Dat mijn ouders het een beetje somber inzien heeft er misschien mee te maken dat ze op dat moment geen inkomen hebben. Ze leven van het geld dat ze in een blikken trommel op de schouw bewaren. Giften die ze van verre en nabije familieleden hebben gekregen op de bruiloft. Later bekent mijn grootvader dat hij bij elk bezoek stiekem opgerolde geldbriefjes in de Mackintoshtrommel steekt. Tot zijn dood heeft hij zich erover verbaasd dat zijn dochter het mirakel van de bodemloze trommel nooit heeft opgemerkt.

Maar er zijn nog mensen die zich verantwoordelijk voelen voor het voortbestaan van het jonge gezin. Het is Kerstmis 1979 als er bij het dingdonghuisje een envelop in de bus valt. Afzender: de overburen, de kloosterzusters der Arme Klaren. Inhoud: 1000 BEF, oftewel het op een na kostbaarste briefje uit het toenmalige Belgisch monetaire stelsel. 'Voor het kleintje,' heeft moeder-overste op een verder leeg vel papier getypt.

Een goed jaar later wordt er nog een kleintje geboren. Mijn oudste broer. Mijn moeder stopt haar opleiding tot kleuterjuf. Ze heeft nu thuis haar eigen kleuterklas.

Mijn oudste broer en zus kregen de wilde jaren, of zo voelt het. Ze worden gewassen in een Curver-box. Mijn broer leert lopen op roze regenlaarzen. Mijn zus draagt bijna nooit kleren, alleen haar grote bruine ogen en een kettinkje van schelpen. Aan de muren hangen gebatikte doeken en macraméwerkstukken van mijn tantes, die volgens de overlevering zo mooi waren dat *Vogue* de drie zussen samen op de cover wilde. Mijn grootouders wezen het verzoek af en konden later op familiefeesten hun trots niet verbergen als ze vertelden dat zij, eenvoudige werkmensen, de duivel zelf hadden afgewimpeld, in hun beste Frans.

Vogue heeft nooit meer gebeld.

In het dingdonghuisje zijn de stoelen blauw geschilderd en op de kussenslopen heeft mijn moeder in de kettingsteek schapenwolkjes geborduurd. In een lijstje, scheef aan de muur, hangt een gedicht van Rimbaud: *On n'est pas sérieux, quand on a dix-sept ans.*

Ze eten van kampeerbordjes en de afwas laten ze staan. Het is het kladleven, nog maar even aangeraakt in zachte potloodlijnen.

Toen ik erbij kwam, in de vroege jaren tachtig, werden de foto's anders van kleur. Harder, duidelijker, alsof de twijfel eruit was. Mijn moeder neemt ook steeds meer plaats in op de foto's, wat alles met de mode en niks met haar lichaamsbouw te maken heeft.

De geruite houthakkershemden uit mijn vaders jeugd draagt hij alleen nog in het weekend, wanneer hij eigenhandig het grote herenhuis verbouwt dat ze in de binnenstad hebben gekocht.

Mijn vader is directeur geworden. Niet van het circus, maar van een grote zorginstelling voor kinderen en jongeren die niet goed weten wat 'thuis' betekent. Ze tekenen zichzelf als een kleine stip onder aan het blad, hun vaders als donderwolken, en bij de vraag naar hun moeder steken ze hun vinger in hun mond – de stop erin, zodat ze zeker zwijgen.

Er zijn mensen die vinden dat een directeur met de auto naar het werk moet, maar mijn vader blijft koppig op zijn rammelfiets naar de zorginstelling hobbelen. Over de kasseiwegen van de oude binnenstad. Met zijn verwaaide haar en zijn onverslijtbare Spaanse laarzen. Zijn knieën wijd naar buiten gebogen, omdat hij het intussen, drie kinderen later, zo gewend is om met een kinderstoeltje aan het stuur te fietsen.

Maar de fiets zomaar langs de kant van de weg gooien, gewoon omdat je zin hebt in een middagdutje in het hoge gras, dat doen ze niet meer, mijn ouders. Ze zijn, onoplettend als ze waren, volwassen geworden. In de blikken trommel worden nu Artis Historia-punten bewaard.

Aan het einde van de jaren tachtig wordt mijn jongste zus geboren, de vierde in de rij. Vanaf dan zijn we een groot gezin. Toen ik een keer onder mijn vaders bureau verstopt zat, gewoon omdat ik het grappig vond om ze allemaal te laten geloven dat ik verdwenen was, had drie uur later nog altijd niemand de politie verwittigd. Een groot gezin.

We sliepen alle vier in dezelfde kamer, onder een nachtblauw geschilderd plafond. Mijn oudste zus in een antiek bed op hoge poten, een soort burcht vanwaaruit ze toezicht kon houden op haar onderdanen, wat soms wel nodig was. In die slaapkamer brak ik mijn voortand en mijn pink. De tand verloor ik als wild paard, de pink in de gedaante van gecrashte auto. Mijn oudste broer was bij beide voorvallen betrokken, respectievelijk als ruiter en als formule 1-piloot. Duidelijk een waardeloze bestuurder, maar zelf liep hij nooit verwondingen op. Mijn kwetsuren noemde hij blikschade.

Als de zomertijd werd ingesteld en we op klaarlichte dag naar bed moesten, las onze oudste zus ons in de burcht voor uit ons lievelingsboek. Het echte verhaal hebben we nooit gehoord, omdat we elke keer bleven hangen bij de getekende plattegrond voor in het boek. Onze oudste zus leidde ons met haar vinger – afgebladderde roze nagellak op een afgekloven wijsvingertje – door de kleine straatjes en verzon verhalen over de bewoners van de huizen met strodaken. Ze had helaas de onhebbelijke gewoonte om zomaar midden in het verhaal in slaap te vallen, waardoor wij die nacht ook in losse eindjes droomden. Als we onze oudste zus hoorden snurken, dropen we stilletjes af, terug naar onze eigen bedden, die intussen koud waren geworden.

Er is een foto waarop we op een zomers perron in Zwitserland staan, het hele gezin met vier kinderen, mooi op een rij, maar wel een beetje kreukelig, omdat we regelrecht uit de nachttrein zijn gestapt. Onze moeder ziet eruit als een meisje van twintig, omdat ze dat, vier kinderen later, ook nog altijd is. We hebben onze bergschoenen al aan: stevige stappers met rode veters. Mijn jongste zus zal straks, bij het bezoek aan de gruyèrefabriek, een souvenir mogen uitkiezen. Vier jaar oud is ze. Glimmend van trots zal ze uit de museumshop komen stormen met een minikoeienbelletje. Mijn oudste broer en ik zullen het meteen uit haar handen trekken omdat we moeten controleren of dat flutding wel werkt. We zullen haar uitlachen omdat de klepel helemaal geen geluid kan maken. Omdat ze is opgelicht. Omdat ze een nepbel heeft gekocht. Het enige wat je met die stomme koeienbel kunt, is hem een beetje aaien als een huisdiertje, wat onze jongste zus de rest van de reis ook zal doen.

Voor zij ter wereld kwam, was ik de jongste. Als zij nooit was geboren, achterstevoren, met haar kont eerst, dan had ik iets mogen uitzoeken in de winkel van het kaasmuseum, en ik wist zeker dat ik veel beter had gekozen. Gewoon omdat ik een veel betere jongste was.

Ons jongste zusje is zich er op dat moment, op dat Zwitserse perron, voor in de rij, totaal niet van bewust dat haar positie als jongste op het spel staat, dat jij haar op een dag van haar troon zult stoten.

Tijdens lange wandelingen in wat volgens onze moeder de gezonde Zwitserse berglucht was, voelden we ons als gezin compleet. Niet dat we dat soort gedachten hadden. We dachten dingen als: straks witbrood met smeerkaas en gekookt ei! We fantaseerden over een kabelbaan die ons huis met de school verbond. En juist omdat er ruimte was voor dat soort zorgeloze gedachten, konden we ons als gezin voltallig voelen. Niemand die achteromkeek en dacht: wat zou het toch fijn zijn, nog een klein broertje dat achter aan de rij hobbelt, met een koeienbelletje om zijn nek, tegen het verliezen.

En toch kwam je. Zeven jaar na de geboorte van onze jongste zus.

Je komst was verwarrend. We waren het zo gewend met z'n vieren en nu waren we ineens met vijf. Het was zoals bij een nieuw jaar – dat je de hele maand januari nodig had om te wennen aan het nieuwe jaartal. Bij het invullen van de datum in je schoolagenda ging het elke keer mis bij het laatste cijfer. Gevolg: een heel geklieder om dat recht te zetten.

Op een vergelijkbare manier bleef ik me lange tijd na je geboorte vergissen bij het invullen van vriendenboekjes. Dan schreef ik: 2 zussen, 1 broer. Gelukkig liet de 1 zich makkelijk herschrijven tot een 2.

Eerst was je nog onzichtbaar. Je was een dikke bult onder de zelfgemaakte kleren van onze moeder. Een bult waar ze ons soms ongevraagd met ons hoofd tegenaan drukte met de vraag of we je konden horen. Ik knikte altijd van ja, maar ik hoorde nooit iets. Ik had het te druk met het inademen van mijn moeders bedwelmende geuren.

Ik keek zo naar je uit dat ik in mijn bed mijn eigen buik met twee armen omknelde. Maar de hemel boven al mijn vreugdevolle verwachtingen betrok toen mijn moeder terugkwam van de gynaecoloog met het nieuws dat je een meisje was en dat ze al een naam voor je had bedacht: Jozefien. Met die naam kon ik onmogelijk op school aankomen. Er waren kinderen op het randje van dood gepest om de verkeerde schooltas. Wat zou er gebeuren als ik vertelde dat ik een zusje had dat klonk als een bordurende aristocrate met een rode strik op haar hoofd? Jozefien, daar viel gewoon niks van te maken. Er was maar één manier om korte metten te maken met die hele Jozefien: ik moest bidden om een jongen. Ik geloofde nog dat twee gekruiste handjes wonderen konden verrichten. Ik kneep zo hard ik kon: 'Maak er een jongen van, Kyrieleison, maak er alstublieft een jongen van!'

Voor een jongen hadden wij, de vier kinderen, namelijk ook een naam bedacht: Wolf. Een personage uit *Robin Hood: Prince of Thieves*, onze lievelingsfilm. We waren zo begeesterd door die film dat mijn oudste zus uren achter haar naaimachine zat om met oude lappen Robins flapperende kapmantel na te maken. Mijn jongste zusje droomde van net zo'n boomhut als hij en mijn broer van net zo'n Marianne om mee te zwemmen onder de waterval. Ikzelf wilde vooral, net als hij, een broertje dat Wolf heette.

Mijn gebeden werden verhoord, zo bleek bij de geboorte. De dokter had de mistige vlekken op de echografie verkeerd gelezen. Je was geen meisje, maar een jongen! Mijn moeder voelde zich belazerd. 'Daar heeft die vent dan dertien jaar voor gestudeerd!' Maar ik kon mijn geluk niet op. 'Doei, Jozefientje, knoop je strik maar stevig vast, het wordt een barre reis naar de vergetelheid!'

Mijn moeder had veel ervaring met het geven van nieuw leven, maar een baby met zo veel haast, daar was ze niet tegen opgewassen. Het scheelde geen haar of je kwam ter wereld op de parking van het ziekenhuis.

Een halfuur nadat onze vader met onze puffende moeder op de achterbank naar de kraamkliniek was gereden, kwam hij alweer terug. Wij lagen in de burcht van onze oudste zus te doen alsof we sliepen, toen we gemorrel aan de voordeur hoorden. Het kon toch niet dat die baby nu al... En toen gebeurde er iets wat we later eindeloos opnieuw hebben verteld. Onze vader opende de voordeur en in amper drie seconden was hij boven bij ons op de tweede verdieping. De deur vloog open en hij riep: 'Een zoon, het is een zoon!'

Later hoorde ik van mijn broer en zussen dat we alle vier aan dat moment moesten denken toen onze vader, negentien jaar later, belde om te zeggen dat je dood was. Het rare is: er leek niet eens zo veel tijd verstreken tussen die twee momenten. Onze vader die bewees dat je kon zweven van geluk. Onze vader die kraakte, omverviel en nooit meer rechtop is gekomen.

Onze oudste broer had het minst uitgekeken naar een baby in huis. Wat moest hij daar als veertienjarige mee? Maar toen we alle vier om het glazen bakje in het ziekenhuis stonden, een beetje onwennig, omdat onze moeder er bleek en raar uitzag, was het mijn oudste broer die het bedje op wielen zachtjes van ons wegreed en het in een hoek van de kamer parkeerde. Hij ging ernaast zitten in de bezoekersstoel, schoof zijn wijsvinger in het frommelige apenhandje en bleef urenlang als betoverd zitten.

Mijn moeder vond dat ik het mooiste handschrift had en dus kreeg ik de taak om je naam in schoonschrift op het geboortekaartje te schrijven. Honderdtwintig keer! Zo veel belang was me nooit eerder toegeschreven.

Achteraf begreep ik dat ik helemaal niet het mooiste handschrift had, maar dat ik van alle kinderen zichtbaar het meeste leed onder alle nieuwigheid en dat mijn moeder geloofde dat een beetje afleiding me goed zou doen.

Op de achterkant van het geboortekaartje stond een tekst van Tom Lanoye uit *Kartonnen dozen*, die ik door mijn werkzaamheden als naamschrijver zo veel keer heb gelezen dat ik die nog altijd uit het hoofd ken: *...en akkoord, ik was een nakomertje, het einde-reeksje, het laatste lot van de uitverkoop, ...*

Tijdens etentjes van de uitgeverij zit ik soms tegenover Tom Lanoye. Elke keer heb ik de neiging om hem te vertellen dat hij erbij was toen jij geboren werd, maar die man is erg moeilijk tot zwijgen te brengen en zelfs als ik zijn monoloog had durven te onderbreken, had ik het waarschijnlijk nog niet over mijn lippen gekregen, want als ik over jouw begin begon, dan moest ik ook over je einde vertellen. Ik was de nieuwkomer aan de tafel, het eindereeksje, niet gemachtigd om het dure etentje te vergallen.

Op alle honderdtwintig exemplaren van je geboortekaartje schreef ik je naam. Wolf. Elke keer dat mijn Pelikan-pen het parcours van die vier letters aflegde, werd je echter en echter. Ik schreef je tot leven.

Toen je achttien jaar later stierf, werden we weer een gezin van vier kinderen. Het was heel stom van me, maar ik dacht in het begin: een gezin van vier, dat hebben we al gerepeteerd, dat moet nog ergens in ons systeem zitten. Maar zo werkte het niet. Nog heel vaak, ook al die jaren later nog, vergis ik me. Dan zeg ik iets over mijn broers en zussen, terwijl ik nog maar één broer overheb. Van twee naar één, dat laat zich moeilijker zonder geklieder herstellen.

Je bent een gemis, een zo groot gemis dat, als ik door het fotoboek *Zwitserland 1992* blader – door onze oudste zus versierd met goudstift, droogbloemen en Oililyplaatjes –, ik het gevoel heb dat ik jou daar ook zoek. Lang voor je geboorte. Bij de waterval, onder de draden van de *téléférique*, terwijl we platte stenen in de rivier keilen.

Soms vraag ik me af of ik niet iets minder fanatiek in mijn handen had moeten knijpen. Dan hadden we nu tenminste dat suffe Jozefientje nog gehad, met haar borduurwerkje en haar rode strik. Misschien was die naam wel gaan wennen. Of we waren haar Josie gaan noemen. Zo nu en dan betrap ik mezelf erop dat ik treur om Josie. Gemis is een zeer besmettelijk iets.

Bij het openen van de fotodozen valt het op dat er veel foto's zijn waarop de kerstboom ergens in een hoek van de kamer staat te knipperen. Na jouw dood hebben mijn ouders nooit meer een kerstboom opgezet, omdat hun leven na jouw vertrek in een donkere winter is veranderd. De dozen op zolder, gelabeld KERSTBALLEN, KERSTSLINGERS, ANTIEKE KERSTSTAL, die bestaan nog wel, maar ze gaan niet meer open. Dat is niet zo erg, want ik kan met mijn ogen dicht de kerstboom nog versieren. Alleen de piek kan er niet meer op, omdat het jouw taak was, als jongste, om gedragen door mijn vader naar de top te vliegen.

Je stierf aan de voet van duizenden kerstbomen.

Jouw foto's zijn de eerste die bij het Kruidvat werden afgedrukt. De filmrolletjes werden niet langer in van die leuke plastic buisjes binnengebracht bij onze oom, die twee vrouwen had en een levende fotozaak in een verder muisstil dorp.

Bij het Kruidvat kon je op een grote envelop aankruisen of je de foto's mat of glanzend wilde. Zonder uitzondering koos mijn moeder voor glanzend. Mensen die mat kozen, daar moest iets mis mee zijn, geloofde ze.

Foto's werden goedkoop en daardoor minder waardevol. Op een keer zat onze moeder aan de keukentafel het ondenkbare te doen. Ze verscheurde foto's. Wazig beeld. Lelijke smoelen. Te veel tanden in de glimlach. Te weinig animo. Te veel animo. Bewogen beeld. Weg ermee! Lang voor de uitvinding van Instagram werkte ze het verleden bij. Haar nieuwe motto: 'Waarom zou ik lelijke foto's bewaren, als ik ook mooi herinnerd kan worden?'

Jouw glanzende foto's tonen een nakomertje in een bijzonder druk gezin. Voor je begrafenis schreef onze moeder een brief die dat mooi weergeeft. Die brief voorlezen in de kerk, dat durfde ze niet, waardoor ze hem thuis aan de keukentafel insprak op een cassettebandje. Een paar dagen later weerklonken haar woorden krakend door de galmende kathedraal:

Terwijl jij leerde lopen, reed je oudste zus weg achter op de brommer van haar eerste vriendje. Terwijl jij leerde fietsen, deed je oudste broer mee aan de Ronde van Vlaanderen. Terwijl jij leerde lezen, oefende je zus haar Griekse woordjes. Op jouw nachtkastje lag Pluk van de Petteflet. *Je andere zus ontdekte* Turks fruit.

Tussen jouw en mijn geboorte zit bijna elf jaar tijd, maar in al die jaren is onze moeder het breien niet verleerd. Op mijn truien staan kaartende muizen, een waterskiër, een pandabeer. Jouw kindertruien zijn minder schreeuwerig: in effen kleuren, in een klassieke kabelsteek. Met als enige uitzondering: je sterrentrui.

Er zijn de foto's waarop ik als twintiger een hele reis lang jouw sterrentrui draag. Ik had verkeerd ingepakt, verkeerde in de veronderstelling dat Normandië een tropische bestemming was. Rillend stond ik bij de krijtrotsen van Étretat. Mijn moeder wreef het er goed in: dat ik op mijn twintigste nog niet eens fatsoenlijk mijn koffer kon pakken, terwijl zij op die leeftijd al twee kinderen had gebaard. Jij stond gul je lievelingstrui aan me af.

Ik vond dat die rare tovenaarstrui me goed stond. Het was alsof ik in die trui weer kind mocht zijn. We hebben die reis dan ook heel veel gespeeld, jij, onze jongste zus en ik. We verstopten ons in een bunker nadat het touwtje van je vlieger was geknapt en op een zonnende man was terechtgekomen. Ik weet zeker dat ons gegiechel nog altijd als een echo gevangenzit tussen de dikke betonwanden van de bunker waar we ons verscholen.

Een zomer later, op vakantie in Andalusië, stalen we de videocamera van onze vader toen hij in slaap was gevallen bij het zwembad. We wisten dat elke centimeter videoband van onschatbare waarde was, dat er vooraf moest worden beraadslaagd welke monumenten wel en niet voor de eeuwigheid bewaard mochten worden. De diefstal van de camera was onze daad van verzet, want in plaats van op zoek te gaan naar een stukje natuurschoon of een gebouw met historisch belang, trokken we ons terug in onze hotelkamer. We filmden onszelf negen minuten lang, terwijl we onbeweeglijk stil voor de spiegel bleven staan. Negen minuten waarin er niks gebeurt. We staan met ons drieën roerloos stil voor de spiegel. Jij tussen ons in, een halve meter kleiner. We dragen onze zwemkleren, een snorkel, een grote duikbril. Het is niet aan ons te zien, maar vanbinnen gieren we het uit van het lachen. Sindsdien weet ik: het leven is op z'n best als de regisseur in slaap is gevallen.

Door jou bleven we kind. In ruil hielpen we jou met groot worden. Liggend op het hotelbed vertaalden we Franse tv-series. Soms deden we dat expres verkeerd en ontdekten dat we goede scenarioschrijvers zouden zijn. Omdat ik het op dat moment niet zo goed deed in mijn studie, was dat een troostrijke gedachte.

Je kwam in mijn leven toen spelen een beetje ongepast begon te worden. Maar jij was de perfecte smoes om het toch te doen. Na een lange schooldag bouwden we samen blokkentorens tot aan het plafond of ik stierf met veel drama toen je me met je ridderzwaard doorboorde. Maar ik mocht nooit lang dood blijven, want dan werd je ongerust.

Er zijn heel veel foto's waarop je op mijn schoot zit. Heel vaak ben ik iets aan het voorlezen. Ik heb je kinderboeken voorgelezen, romans, kassabonnen, museumtickets, de gebruiksaanwijzing van mama's ladyshave. En als er niks te lezen viel, vroeg je of ik geen verhaal kon verzinnen. Met jou op schoot ontdekte ik wat ik later wilde worden.

Bij geen enkel verhaal was mijn verbeelding een struikelblok geweest, behalve die keer dat ik me keurig, met illustratiemateriaal en alles, aan de wetenschap hield. Ik denk dat je nog maar zeven was toen ik je seksuele voorlichting gaf. Het was hoogzomer. We zaten op mijn zolderkamer, die slecht geïsoleerd was, waardoor het daar broeierig heet was. Samen bladerden we door een voorlichtingsboek uit de jaren zeventig. Mijn vader had er dozen vol van mee naar huis gebracht, omdat de boeken verouderd waren voor de jongeren van de instelling, die niet meer wisten wat schaamhaar was. Ik legde alles zo goed mogelijk aan je uit, alles wat mij als kind verwarrend raadselachtig had geleken wilde ik voor jou ophelderen. En helemaal op het einde van mijn uiteenzetting – het babykopje kwam al tevoorschijn uit een gevaarlijk opengesperde vagina – keek je me met een veelzeggende blik aan. 'Mama zegt dat ik niet alles moet geloven wat je vertelt. Dat je veel verzint.'

Wat me altijd opvalt: hoe vrolijker je op de foto staat, hoe meer pijn het onze moeder doet om ernaar te kijken. Eigenlijk sta je op alle foto's blij. Als je nu eens wat vaker voor een treurend gezicht had gekozen, dan hadden we kunnen zeggen: we hebben het eigenlijk altijd wel geweten. Dan was je dood tenminste een beetje een aangekondigde dood geweest.

Jij bent de enige die bewegend beeld heeft van je vroege kinderjaren. Het is een troost dat je het best bewaard bent van ons allemaal. Zelfs je eerste stapjes zijn vastgelegd op een VHS-band. Terwijl je die belangrijke en wankele eerste stappen zet, loopt er een wild kwispelende hond voorbij, die je vol in het gezicht likt, waardoor je als vertraagd omvervalt.

Maar ook op de foto's stond je vaak in bewegend beeld. Op een keer kwam onze moeder terug van de bibliotheek met een boek getiteld *Zit stil!*. Er stonden opvoedingstips in voor beweeglijke kinderen, met onrustige armen en benen en gedachten die van geen ophouden wisten. Ze hield het tegen haar borst gekneld alsof het een bijbel was.

Omdat jij zo vaak bewoog op de foto's, heeft mijn moeder ongetwijfeld kinderfoto's van je verscheurd, niet wetend dat we die foto's op een dag nog het meest zouden missen, omdat je daarop was wie je was. Een beetje schimmig voorbijrennend op de achtergrond. Opspringend op het moment waarop we eindelijk allemaal mooi op een rij klaarstonden voor het familieportret.

Er bestaan ook foto's van je lichaam zoals het is gevonden in het bos. Iemand heeft met zijn camera boven je verdwenen gezicht gehangen. Die beelden zitten ergens in een bruine envelop, in een volgepropte dossierkast. Het is een gedachte die ik nooit helemaal durf af te maken: of de foto's in kleur of in zwart-wit zijn?

Onder in de fotodozen liggen de verloren foto's, losgekomen uit de hoekjes. Kleine mensjes tussen gekartelde randen. Zuinige lachjes in zwart-wit en sepia. Mensen die al dood waren voor wij ter wereld kwamen, maar ons bestaan ligt wel in hen besloten. In de rug van onze achtertante die in haar bontjas van poolvos naar de bevroren Noordzee staat te kijken. In onze overgrootvader die met één voet op de spade tussen de rodekoolplanten staat, met zo veel trots in zijn ogen dat het moeilijk te geloven is dat hij zich een paar maanden later in de rivier achter de moestuin zal laten glijden. Of onze immense overgrootmoeder die na de dood van haar dochter nooit meer heeft gezongen, maar wel als attractie op familiefeesten zes gebraden kippen na elkaar op kon. Hoeveel verdriet iemand heeft gehad, dat staat niet op de achterkant van zo'n foto. Alleen wat getallen: 6/10/'44. Coördinaten naar een verzonken land.

STOP

Ik was zo haastig aan dit boek begonnen dat ik aan het einde van mijn zinnen soms buiten adem was. Mijn redacteur vroeg of ik het record snelschrijven probeerde te verbreken. En een bevriende schrijfster spuugde haar koffie uit toen ze erachter kwam dat ik haar, na maanden voorsprong, moeiteloos had ingehaald. 'En je hebt niet eens wallen onder je ogen!'

Het was waar, het was zo'n boek dat zichzelf schreef – een fenomeen dat nooit eerder wetenschappelijk verklaard is, maar dat wel degelijk bestaat. Maar hoe gehaast en overmoedig ik eraan begonnen was, zo onverwacht viel het ook weer stil. En dan heb ik het echt over muisstil.

Er was een besef gekomen, dat tussen dromen en waken ineens naast mijn bed stond. Ik was niet de enige met verdriet. Mijn ouders, mijn broer en zussen, jouw vrienden – allemaal moesten ze leven met de zeurende pijn van gemis. Allemaal droegen ze een versie van jouw verhaal met zich mee.

Door over je te schrijven eiste ik dat verdriet op. Mijn versie zou een schaduw werpen over hun herinneringen. En dat wilde ik niet. Mijn intussen tienduizend-en-zoveel woorden mochten niet tussen jou en hun gemis gaan staan.

Daar kwam bij dat niet iedereen in mijn familie met woorden rouwde. Missen deden we elk op onze eigen manier. Niet dat we een methode hadden, we dwaalden doelloos wat rond. Je zou denken zoekend naar iets van houvast of verlichting, maar eigenlijk waren we allemaal nog altijd bezig met omwegen maken, immense lussen om ground zero heen, de put in onze stamboom.

Een boek vol woorden voelde als een daad van agressie tegenover het bijna mystieke stilzwijgen van sommige gezinsleden.

Het was vijf uur in de ochtend toen ik gewetensvol het bestand 'WOLF' naar de map 'Overige documenten' sleepte, de digitale variant van een lade met een slot.

Er verstreek een halfjaar waarin ik weliswaar onverminderd aan je dacht, maar niet meer over je schreef.

In de trein, bij het lezen van een boek van Jeanette Winterson, flakkerde het waakvlammetje weer op. Het boek heet *Waarom gelukkig zijn als je normaal kunt zijn?* en daarin citeert de schrijfster literaire passages die de koers van haar leven hebben bepaald. En laat dat nu precies zijn wat mij overkwam bij het lezen van dat boek.

Dit is het fragment dat mijn sloepje weer de andere kant op blies:

> *Ik had woorden nodig, omdat ongelukkige families samenzweringen van stilte zijn. Diegene die de stilte doorbreekt, wordt dat nooit vergeven.*
> *Hij of zij moet leren om zichzelf te vergeven.*

Die avond deed ik de lade weer open.

HET LAND MOLESKINE

Of speelde er naast de tweekoppige angst (het zwijgpact doorbreken/mij het verhaal toe-eigenen) nog iets anders mee? Had het monster nog een derde hoofd? Als ik een boek over jou wilde schrijven, dan moest ik vroeg of laat weer in je dagboek duiken. Het verslag van je laatste reis. Het Moleskine-schrift dat de speurders in Zweden van je lichaam moesten losknippen, omdat je het met touw had vastgemaakt. Het vooruitzicht om dat schrift weer te moeten openslaan zorgt ervoor dat ik bevries. Een beter woord is er helaas niet.

Er is iets vreemds aan de hand met dat dagboek. Voor mij is het geen voorwerp, maar een plek, een fysieke ruimte waar je met gevaar voor eigen leven doorheen moet.

Gelukkig had ik mijn kopie van je dagboek zo goed verstopt dat ik die nergens meer kon vinden. De zoektocht werd bemoeilijkt doordat we thuis geen boekenkasten hebben. Mijn man en ik lijden aan een onredelijke angst voor wat we 'een écht leven' noemen, een weg die zo rechtgetrokken is dat je de eindhalte al kunt zien liggen. Intussen wonen we niet meer in het half ingestorte dijkhuis, waar het door onze primitieve levensstijl makkelijker vol te houden was dat we nog maar in de schemerzone van het volwassen leven waren beland. Maar ook nu we in een koophuis wonen met centrale verwarming en drinkbaar water uit de kraan, vermijden we woorden als 'dakisolatie', 'verbouwingspremies', 'IKEA'. Ook een bed en een boekenkast gunnen we onszelf niet. Gevolg: werkelijk overal in ons huis slingeren boeken rond – op elke traptrede, in de keukenkasten, onder de bedden van de kinderen, in dozen op zolder, in rijen tegen de gangmuur. Ook mijn nachtkastje is een wankele stapel boeken. Maar hoeveel boekentorens ik ook overhoophaal, jouw dagboek zit er niet tussen.

Terwijl jij er alles aan hebt gedaan om het dagboek niet verloren te laten gaan in de Zweedse wildernis, is het domweg kwijtgeraakt in mijn huishouden.

Al zoekend moet ik denken aan de gouden munt die ik van mijn grootmoeder heb geërfd en die ik, toen ik hoorde hoeveel die waard was, zo veilig heb weggestopt dat ik hem nooit meer heb teruggevonden. Nog terwijl ik dit neerschrijf besef ik dat die vergelijking een flagrante leugen is. Alsof ik jouw dagboek heb verborgen om het te beschermen. Het omgekeerde is meer waar: ik heb het wellicht begraven in de hoop het nooit ofte nimmer meer tegen te komen.

Jouw dagboek is een notitieboek van het Italiaanse bedrijf Moleskine, een klassiek model, zoals er elk jaar duizenden en duizenden van de fabrieksband rollen. De boeken zijn ontworpen volgens de esthetische normen van een traditioneel notitieboek, met afgeronde hoeken en ivoorkleurig papier. De naam Moleskine komt uit het boek *The Songlines* van Bruce Chatwin, lees ik op het wijze wijze web. In dat boek is sprake van kleine zwarte notitieboekjes die Chatwin in Parijs koopt en *moleskines* noemt. Dat soort feitjes zoek ik graag op om mijn gedachten te kalmeren, maar het helpt geen zier, want zoals gezegd: in mijn hoofd is Moleskine geen notitieboekje, maar een plek. En hoewel ik heel goed weet dat die nergens in mijn atlas te vinden is, geloof ik toch dat je daar bent.

Ik stuur mijn vader een mail, met het slappe excuus dat ik mijn kopie van je dagboek in de chaos van de verhuizing even niet terug kan vinden.

Een paar uur later zit het digitale bestand in mijn inbox. Als ik het geprinte stapeltje papier recht schud, besef ik dat jouw dagboek maar op één manier gelezen kan worden: zoals jij het hebt geschreven. Je dikste jas aan. Ogen dicht. En springen.

ON THE ROAD

...the only people for me are the mad ones, the ones who are mad to live, mad to talk, mad to be saved, desirous of everything at the same time, the ones who never yawn or say a commonplace thing, but burn, burn, burn like fabulous yellow roman candles exploding like spiders across the stars and in the middle you see the blue centerlight pop and everybody goes 'Awww!'...

Jack Kerouac, *On the Road*

Het is december 2012. Het academiejaar is twee maanden bezig, maar jij hebt je de afgelopen weken amper laten zien op de campus. Een paar klasgenotes maken zich zorgen en sturen bezorgde sms'jes om te laten weten dat ze notities voor je bijhouden.

Een van die meisjes neemt jaren later via Facebook contact met me op. Een week later zitten we samen aan een natgeregende terrastafel. Ze vertelt dat je altijd veel te laat in het lab kwam aanwaaien, een paar keer regelrecht uit het café. 'Het was alsof je broer nooit sliep.'

Het valt haar op dat de wallen onder je ogen elke dag

donkerder worden en ze spreekt je daarover aan. Lacherig stel je haar gerust: 'Ik slaap met mijn ogen open, lieve Snickers. Op dit moment slaap ik ook. Je verschijnt nu in mijn droom. Kom, doe eens iets bijzonders. Doe een dansje. Of trek je kleren uit.'

Ik wil weten waarom je haar Snickers noemde, maar durf haar niet te onderbreken. Ze vertelt dat de practicumlessen zoveel leuker waren als jij er was. En ook dat de klas al op de eerste lesdag verdeeld was in een kamp voor en een kamp tegen je. Niet iedereen vond het even grappig om met een bunsenbrander achternagezeten te worden.

Het meisje verdwijnt onder de terrastafel. Ik denk dat ze dekking zoekt, dat de herinneringen haar te machtig worden, en ik bewonder haar omdat ze dit durft. Maar daar komt ze alweer tevoorschijn en ze heeft niet gehuild. Ze heeft alleen iets uit haar tas gehaald, iets wat ze nu tussen ons in op het tafelblad legt. Een leren pennenzak. Ik herken er meteen de stijl van mijn moeder in. Zij heeft die voor je gekocht. Kwaliteit die een leven lang moest meegaan.

'Van Wolf?'

Ze knikt en vertelt hoe die pennenzak in haar bezit is gekomen. Tijdens je laatste les had ze jou om een balpen gevraagd en toen stak je haar je hele pennenzak toe, met de woorden: 'Hou maar.'

'Ik denk dat hij zich er bewust van was.'

'Bewust dat hij zijn erfenis aan het uitdelen was?'

Ze knikt.

We laten de stilte toe. De plots doorgebroken zon weerkaatst fel op de witte tafel.

'Waarom noemde hij je Snickers? Was je een Snickers aan het eten?'

Ze lacht. 'Dat zou te voor de hand liggend zijn. Nee, hij vond gewoon dat de klanken bij me pasten, denk ik. Maar...' Ze moet even nadenken hoe ze het zal formuleren en zegt dan iets heel moois. Ze zegt: 'Weet je, ik heb me nooit méér mezelf gevoeld dan onder die naam.'

Ze zegt niet 'met die naam', maar 'onder', alsof het een dekentje is dat je over haar heen hebt gelegd.

De ochtend voor je vertrek, 12 december 2012, komen er opnieuw bezorgde berichten binnen van Snickers: *Wolf? Wolf? Wolf!* Maar de woorden dringen niet tot je door. Je verblijft alleen nog in je eigen hoofd. Het is een drukte van jewelste daarbinnen. Gedachten rollen over elkaar heen. Sinds een paar dagen werk je aan een verdwijnplan, en hoe meer het vorm begint te krijgen, hoe minder het je lukt om de grijns om je lippen nog te verbergen. De enige vorm van lachen die je jezelf nog gunt.

Je laatste zoekgeschiedenis getuigt van de wervelende chaos in je hersenpan. Tussen zeer gerichte YouPorn-zoekacties ga je ook op zoek naar stafkaarten van de noordelijkste gebieden in Zweden. Je wilt de afstand weten tussen Gent en Breskens. Je scrolt door informatie over nachttreinen in Zweden en hangt rond op websites van goedkope luchtvaartmaatschappijen.

Je allerlaatste zoekterm valt ijskoud in mijn nek.

Bij wijze van research tik ik diezelfde zoekterm in op Google en meteen verschijnt er in grote letters: *Hulp is beschikbaar, Zelfmoordlijn 1813, Praat vandaag nog met iemand, Telefoon 24/7, Chat 17.00-00.00 uur*.

De ochtend voor je vertrek besef je dat je nog iets cruciaals tekortkomt voor je laatste reis. Je trekt je roestbruine winterjas aan en fietst op je gestolen damesfiets naar de grote boekhandel op het plein.

Daar leg je een pocketversie van *On the Road* op de toonbank, samen met een handjevol kleingeld. Terwijl de vrouw achter de kassa geduldig de munten een voor een over het marmeren blad schuift, geef jij een draai aan het draairek naast de kassa en haalt er schijnbaar achteloos een zwart Moleskine-boekje uit. 'Doe deze ook maar.' En je diept uit je andere broekzak een tweede hand kleingeld op.

Terug in je studentenkamer haal je de twee boeken uit het papieren zakje. *On the Road* leg je op de bodem van je rugzak. Het onbeschreven notitieboek blader je een paar keer door; daarna ga je aan je bureau zitten en voorziet het van een titel: *Mijn laatste reis*. Daaronder teken je een kompas, zo kinderlijk dat het ons er maanden later aan herinnert dat je nog maar een jongetje was. De naald van het kompas wijst naar het noorden. Omdat ik altijd huil als ik naar die kaft kijk, geloof ik dat de naald trilt.

De titel is met Tipp-Ex geschreven. Iets waar ik me nog altijd over kan verbazen. Het moment dat ik de titel voor een nieuw boek heb bedacht, schrijf ik die overal neer, op elke rondslingerende snipper. Om het ding bestaansrecht te geven. Jij schreef je titel met Tipp-Ex. Verdwijnstift.

Vijf maanden na je verdwijning, in een bos in het hoge noorden van Zweden – het is lente, de dakgoten druppen –, word je gevonden door een vrouw die haar weggelopen hond achterna is gegaan. Ze vindt jou. Jouw lichaam. Wat er nog van over is. De speurders vinden even later ook je dagboek terug, bijna onaangetast. Ingepakt in plastic wikkels, vastgebonden op je lichaam.

Aan de binnenkant van de kaft kun je invullen waar het schrift bij verlies terugbezorgd moet worden. Jij hebt je voornaam op de stippellijn geschreven: WOLF. Als thuisadres geef je het adres van onze ouders op. En naast het voorgedrukte dollarteken, waar je kunt aangeven welke beloning je voorziet voor de eerlijke vinder, schrijf je in blokletters: GRANTING A LAST WISH, THAT SHOULD BE ENOUGH. Ik weet bijna zeker dat er iets van duistere voorpret in je ogen glinsterde toen je dit neerschreef.

Je woorden zijn pijnlijk duidelijk. Het was je wens om volledig en voorgoed te verdwijnen. Ook later in je dagboek laat je daar geen twijfel over bestaan.

De dood is zo aandoenlijk gewoon. Hetzelfde niets voor nul uur per dag. Daar wil ik heen. Daarom stap ik zo stevig door. Altijd rechtdoor. In het hoge noorden zal ik stoppen. Voor altijd. Met het noorderlicht dat boven mijn lijk danst.

Je wilde verdwijnen. En toch verlangde je er ook naar om door middel van dat dagboek te blijven bestaan. Je schreef met Tipp-Ex, maar wel op een zwarte achtergrond, waardoor een verdwijnstift het omgekeerde doet van verdwijnen.

Een dagboek als reddingssloep, zo zag ik het lange tijd. Maar het was ook je noodsignaal, afgeschoten onder het lichtspektakel van het noorderlicht.

12/12/12

Mapa!
Dit weekend kom ik niet naar huis. Zaterdag is er een soort van inhaalpracticum voor aardwetenschappen en ik denk dat ik mijn mooie gezichtje daar maar beter kan laten zien. O ja, de batterij van mijn telefoon is leeg en de oplader ben ik bij jullie thuis vergeten. COMPLEET ONBEREIKBAAR DUS*!*
Gegroet!
Wolfgang Ludovicus Han

Het is woensdagnacht 12 december 2012 als je deze mail verstuurt naar onze ouders. 'Mapa' is de afkorting voor 'mama en papa'. Je leefde haastig, alsof je altijd al wist dat je maar voor een flitsbezoek op aarde was.

12/12/12. De datum heeft iets magisch. Dat merkt de politie-inspecteur op wanneer mijn ouders hun laptop naar hem toe draaien om hem dit bericht te laten lezen. Na een ondraaglijk lange week van wachten hebben ze besloten om aangifte te doen van je verdwijning.

Als ze het vernieuwde politiekantoor binnengaan

– het ruikt nog naar verf – blijft mijn moeder midden in de brede witte gang staan. 'Wat doen wij hier?' Mijn vader neemt haar bij de hand, maar ze trekt zich weer los. 'Wij horen hier niet. Als er iets van misdaad op tv komt, dan zappen we toch altijd weg?' Ze vindt het tegen alle regels van de logica ingaan dat iemand die altijd consequent alle politieseries heeft weggezapt er ineens middenin zit.

Na het gesprek geeft mijn moeder de politie-inspecteur een hand – haar koude hand, want na je vertrek heeft ze nooit meer warme handen gekregen. Ze bedankt hem ervoor dat hij hen 'als gewone mensen behandelt', waar ik uit afleid dat ze had gedacht dat ze op de beklaagdenbank terecht zou komen.

Ze krijgen koffie, waar ze helemaal geen zin in hebben, maar waar ze uit beleefdheid toch van nippen. Mijn moeder speelt met de gouden koffiemelkcapsules, laat ze trage walsjes dansen op het witte fineer van de tafel. '12/12/12,' zegt de politie-inspecteur, 'jullie zijn je ervan bewust dat het een symbolisch moment is?' Mijn ouders zijn zich helemaal nergens van bewust. 'Online wemelt het van de mensen die geloofden dat op die dag het einde van de wereld uitgerekend was,' legt de inspecteur uit.

'Toch een ontroerende gedachte,' zegt mijn moeder later, 'alsof de wereld liever in schoonheid eindigt, met een getal dat leuk staat en makkelijk herinnerd kan worden.'

Het einde van de wereld – de politie-inspecteur wil weten of jij met dat soort dingen bezig was. Mijn ouders schudden gelijktijdig hun hoofd. Je bent nu een week weg – onvindbaar, zonder een teken van leven na te laten. Ze beginnen te beseffen dat ze lang niet alles van je weten, maar het einde van de wereld – nee, daar geloofde je niet in, zoveel weten ze nog wel.

Op 13 december, de ochtend na je middernachtelijke mail, verlaat je je studentenkamer. Vlak voordat je de deur achter je dichttrekt, wijzig je de achtergrondafbeelding op je laptop. Een man op zijn rug op een bank. GOODBYE, WORLD! staat erboven geschreven, in de letters van een oude krantenkop. Latere analyse zal onweerlegbaar het tijdstip weergeven waarop die achtergrond en die tekst zijn toegevoegd:

Laatst gewijzigd op 13 december 2012 om 9:34:32 uur.

Aan mijn vader was te zien dat iets zo ongrijpbaars als een reeks cijfers hem troost bood. Of op z'n minst houvast. En ik begrijp hem. Ook ik hoor mensen graag vertellen waar ze waren toen het tweede vliegtuig de glimmende toren doorboorde. Of toen in een schimmige tunnel nabij Parijs het leven stopte van de meest gefotografeerde vrouw ter wereld. Het biedt troost dat we gezamenlijk allemaal even zijn stilgevallen toen de bom viel.

Niemand van ons kan met zekerheid zeggen waar we waren toen jij op 13 december 2012 om 9.34 uur vertrok. Dat we toen allemaal onwetend zijn doorgegaan met leven, dat is een verwoestende gedachte.

Als kind kon je de nacht voor het schoolreisje de slaap

nooit vatten. Van de spanning lag je onder het nachtblauwe plafond te woelen en te draaien tot je verstrikt raakte in de donsdeken. Hoe traag moeten de minuten zijn verstreken toen je in bed lag te wachten op de ochtend van je allerlaatste reis? Misschien – dat geloof ik soms – heb je die nacht, samen met de vele mensen die online ronddwaalden, liggen wachten op het einde van de wereld, waar je in de verste verte niet in geloofde, maar wat je wel goed van pas zou zijn gekomen. Dat de wereld het zware werk in jouw plaats zou doen. Het licht doven. Er een einde aan maken.

Maar de wereld ging die nacht niet gewillig ten onder. Om 8.44 uur kwam de zon op, precies zoals ze dat al miljoenen jaren had geoefend. En toen het winterse licht naar binnen viel in je studentenkamer zonder gordijnen, heb je de asbak onder je bed vandaan getrokken en gezocht naar een peuk waar nog wat aan te lurken viel. Starend naar de rookwolk die uit je mond kwam moet je hebben begrepen dat je zelf je weg naar het einde zou moeten zoeken. En dat angst en schuld en spijt er onvermijdelijk bij zouden horen.

Je bent planmatig en doordacht te werk gegaan. Zo nu en dan voel ik daar misplaatste zusterlijke trots over. Door onze ouders een mail te sturen (*Mapa Dit weekend kom ik niet naar huis.*) kon je tijd winnen. Een voorsprong nemen. Door de mededeling dat je telefoon leeg was en je de oplader thuis was vergeten, sloot je de mogelijkheid uit dat we je zouden bellen. Met dat schijnbaar onschuldige bericht knipte je finaal de banden door.

Vier dagen later, op zondagmiddag, in de vertrekhal van Schiphol, wachtend op je vlucht naar Stockholm, schrijf je in je dagboek: *Zou iemand al iets vermoeden?*

HET BEGIN VAN HET EINDE

I was surprised, as always, by how easy the act of leaving was, and how good it felt. The world was suddenly rich with possibility.

Jack Kerouac, *On the Road*

Dit is dan wat men noemt: het begin van het einde.

Vandaag ga ik weg. Vandaag zal ik verdwenen zijn.

T is de laatste mens die ik ontmoet, de markees die altijd ligt te stinken in de kamer onder de mijne. Hij stelt geen vragen over de rugzak op mijn rug. Hij puft en klaagt, is bezig een overvolle vuilniszak van de trap naar beneden te sleuren.

– *Probeer niet te vallen, hè T!*

– *Mee bezig, Wolf.*

– *Allee, tot de volgende.*

Dit zijn ze dan: mijn laatste woorden. Een klein wonder dat ze er zo vlot uit zijn gekomen. Terwijl ik nog nooit zo bang ben geweest. Werkelijk doodsbang ben ik. Het maakt me lam en misselijk tegelijk. Elke traptrede een afgrond.

Met een diepe zucht laat T de vuilniszak buiten op de stoep neervallen en hij verdwijnt meteen weer naar binnen.

Hij zwaait me niet uit. Lompe zak – T, niet de vuilniszak.

Slappe benen, een bonkende kop vol flut. Het gaat gelukkig een beetje over zodra ik begin te fietsen en de wind vol in mijn gezicht slaat. Wolf versus de wereld. Kom maar op!

Je reis naar het noorden begint met de wind tegen. Je bent onderweg van je studentenkamer naar Breskens. Een tocht van een kleine vijftig kilometer op een oude damesfiets.

De fietswielen piepen, alsof er een heel nest ontregelde zangvogels tussen de spaken verstopt zit.

In Breskens neem je uitgebreid afscheid van je fiets. Een pijnlijke passage, omdat je in je hele dagboek nergens afscheid neemt van ons. Je zussen, je broer, je ouders.

Dat trouwe fietsje zonder slot achtergelaten in een luxe fietsrek met zeezicht. De laatste vriendin die ik nog onder ogen zal komen. Dat besef! Ben meteen teruggekeerd om het arme ding nog eens goed te omhelzen.

Die avond, na de overzet vanuit Breskens, moet je lang zoeken voor je een hotel vindt in Vlissingen waar nog een kamer vrij is, maar als je eindelijk in een bed kunt neerploffen, wil de slaap niet komen.

Slapen lukt niet. Al die gekwetste figuren die elke dag weer de draad oppakken. Ik was me er nooit eerder van bewust hoe moedig die mensen zijn. Goed gedaan, medesukkels! Vuistje vanuit de dood.

Drie uur 's nachts intussen. Ben doodsbang voor de schaduwen op het plafond. Kerouac is een vuile leugenaar. Voel me geen beetje vrij. Alleen nog allener.

Dat ik hier ben beland, is de schuld van verhalen. Series, films, boeken, ik laat me er veel te veel door leiden. Het is niet tegen te houden. Zinnen sijpelen mijn woordenschat binnen, karaktertrekken worden overgenomen, langzaam transformeer ik in een personage. Liep ik maar in een verhaal rond, dan zou er tenminste iemand toekijken. De onstilbare honger naar aandacht eindelijk gestild.

De volgende ochtend, als er weer daglicht is, begin je opnieuw te klinken als het energieke jongetje dat je thuis hebt achtergelaten op de kinderfoto's.

Gretig gebruikgemaakt van het ontbijtbuffet. Deed me denken aan vroeger, op reis met het gezin. Pindakaas is by the way een onverwacht succes.

Dat er een ontsnapte gedachte naar de vroegere gezinsreizen gaat, dat probeer ik te zien als een afscheid.

Na het ontbijt grabbel je je weinige spullen bij elkaar, propt ze in je rugzak, loopt naar het station, waar je op de trein naar Amsterdam springt.

Fuck! Per ongeluk in de boemeltrein gestapt. Dat wordt een lange rit naar Amsterdam. Gelukkig heb ik altijd van treinen gehouden: het daverende geluid, de veranderende land-

schappen, de zwijgende gezichten van medereizigers. 'Bohemian Rhapsody' is geschreven in een trein. Als je goed luistert, kun je dat ook horen: tadum, tadum, tadum.

Een overenthousiaste conducteur komt mijn kaartje knippen. Wat zou die baardmans denken? Een jongen alleen op weg naar Amsterdam. Iets met drugs waarschijnlijk? Of het meest waarschijnlijke: hij denkt helemaal niets.

(Al sinds mijn vertrek zit ik met een knagende hersenbreker in mijn kop. Die gast die Brommer op zee *schreef, hoe heette die? Arie, denk ik. Maar ik weet het niet zeker. Als ik de voornaam kan achterhalen, dan komt de rest zeker vanzelf. Ik zou het graag aan iemand willen vragen, zoals aan de vrouw die schuin tegenover me zit en eruitziet als iemand die barst van de variaweetjes, maar ik durf niemand aan te kijken, laat staan tegen iemand te praten. Merde! Hoe heet die kerel toch? Het lijkt absurd dat ik me daar in het aangezicht van de dood nog druk om maak, maar intussen geloof ik echt dat ik pas vredig kan sterven als ik het weer weet. Maak je kenbaar, meneer Brommer op Zee! Fluister uw naam.)*

We rijden langs een perenboomgaard. Flitsen van zomervakanties. Wat heb ik geweldige vrienden gehad. Merci, kerels!

Ik moet slaap inhalen. Of moet dat helemaal niet?

Hoe meer kilometers ik afleg, hoe meer ik me Kerouac waan, of zijn kleine broertje, want dit schrift is geen literair hoogstandje. Allesbehalve. Ik schaam me er kapot voor. De puur-

heid is te broos, de taal te stoned, het handschrift totaal onleesbaar. Het zal meer pijn doen om het te lezen dan om het weg te gooien.

Dit begint meer en meer op het dagboek van een gek te lijken. Helaas ben ik niet krankzinnig, ik ervaar alles. De groeiende afstand. Hoe elke stap het minder mogelijk maakt om terug te keren.

Het is een vreemde gewaarwording: er is niemand die ik het meest mis, maar er is ook niemand die ik niet mis.

Metalige stem door de intercom: 'Dames en heren, we komen aan in Amsterdam Centraal. Eindstation.' Alles krijgt veel meer symboliek als je van plan bent om te sterven. Ik heb de gedachte nog niet afgemaakt of het wordt alweer bevestigd: in de stationshal hangt een groot bord waar THE END *op staat geschreven. Voor mij is dit geen reclamestunt, maar een manier van het universum om me iets duidelijk te maken. Spiritueel gezwets, maar zo voelt het ook echt, alsof de wereld eindelijk laat zien wat zij in petto heeft. De bloedrode zonsopgang kleeft nog aan mijn netvlies.*

Eigenlijk zou niemand moeten rouwen om zelfmoordenaars. Kwaad moeten ze zijn op die lafaards. De vraag is natuurlijk of verdriet iets anders is dan kwaadheid. Het zijn gewoon twee manieren om te dealen met het onmogelijke. Meneer Bond Zonder Naam, voel u vrij om bovenstaande quote te gebruiken. Ik ben zo meteen weg. Verdwenen. Foetsie! Kortom, volledig vrij van auteursrechten.

Grappig in feite. Ik schrijf alsof de hele wereld meeleest. Een gigantische theaterzaal en ik sta vooraan op het podium. Klein en alleen. Twee stralende spots op mijn kop en ik praat maar. Praten, praten, praten. En als ik na afloop op het applaus sta te wachten en de verblindende spots achteraan langzaam doven, dan pas zie ik dat de stoeltjes in de zaal allemaal leeg en dichtgeklapt zijn.

AMSTERDAM

Diverse tussenstops later kom je aan in Amsterdam. De stad waar we op een van de 'vroegere gezinsreizen' samen heen zijn geweest. In de zomer waarin jij zes, onze zus dertien en ik zeventien was. Onze oudste broer en zus waren het huis al uit.

De paar foto's die ik nog van die reis heb zijn aandoenlijk. Mijn zus en ik staan langs de Prinsengracht in de lange rij voor het Anne Frank Huis, in zulke opzichtige kleren dat elke voorbijganger moet hebben gedacht dat er daar binnen in het Achterhuis een knallend verkleedfeest aan de gang was. Mijn zus draagt een boodschappentas van felgekleurd geweven plastic. Op haar hoofd – een nestje van getoupeerd hennahaar – staat een scheve prinsessenkroon, die ze samen met jou bij het eendjesvissen heeft gewonnen. Ze staat ietwat onwennig op haar groene watersandalen naar mij te kijken. Ik heb mijn paarse slobberlaarzen aan en een jurk die veel weg heeft van een visnet. Mijn zus en ik zijn op een leeftijd waarop we ons ellendig voelen, maar we zijn allerminst van plan om dat ook aan de buitenkant te laten merken.

Zei ik al dat mijn zus boven de watersandalen zelfgebreide beenwarmers droeg?

Jij staat niet op die foto, waardoor ik vermoed dat je veilig aan de hand van onze moeder hing, ongetwijfeld onrustig op en neer springend, terwijl onze vader zijn tijd nam om een goede foto te maken.

Ik herinner het me niet, maar de kans bestaat dat mijn zus en ik je daar binnen in het Anne Frank Huis opgetild hebben, zodat je het geruite dagboek kon zien dat op Annes schrijftafeltje was neergelegd in een kitscherig stilleven. Ongetwijfeld had je weer tal van vragen. *Waarom zit er een slot op dat boek? Is er een reservesleutel van? Is Kitty een poes? Zullen wij ons ook eens jarenlang verschuilen achter de boekenkast?*

Jij en Anne Frank, allebei hebben jullie een dagboek achtergelaten, een hand die zich uitstrekt vanuit de dood. *Vuistje vanuit de dood!* Maar daar houdt de vergelijking op. De woorden uit het Achterhuis betekenden voor vele generaties een baken van licht en hoop. Jouw dagboek doet het omgekeerde: het knipt het licht uit.

Er bestaan ook twee Amsterdamse foto's waar we wel alle drie op staan. Op de eerste zit je tussen ons in op de skai banken van de rondvaartboot. Je wijst naar iets achter de gebogen glazen ramen, maar wij volgen je vinger niet. Het lot van de jongste. Jouw verhaal, jouw richting, jouw blikveld was nooit echt interessant. Je moest heel ver gaan om onze volle aandacht te krijgen.

Foto twee. Het Monument op de Dam. Jij zit op onze twee schoten tegelijk. Het is al donker en er is iets misgegaan met de flits, waardoor er voor onze hoofden een soort lichtbal zweeft, waarachter alleen onze rode oogjes en vaag de contouren van onze gezichten te zien zijn. Duiven vliegen verschrikt weg uit de lichtexplosie. Het is een enge foto. Een beetje sjacheraar krijgt zo verkocht dat hij drie geesten heeft vastgelegd op de Dam. Een met watersandalen, een met paarse laarzen en een met kleine sportschoentjes aan.

Twaalf jaar later, op 13 december 2012, kom je opnieuw aan in Amsterdam, alleen nu. Na Vlissingen is dit je tweede tussenstop onderweg naar het einde. Je hebt geen grote plannen, behalve 'een beetje doelloos rondhangen, Amsterdam is er de perfecte stad voor'. Maar als de hemel aan het einde van de middag onverwacht pikdonker kleurt en het onbedaarlijk begint te regenen, besluit je om te schuilen in een tweedehandsboekwinkel. Dat schrijf je in je dagboek.

Er rinkelt een belletje als je de winkeldeur openduwt, maar er verschijnt geen boekverkoper. Je wacht even, maakt je kenbaar met een zacht 'joehoe', maar nog steeds komt er niemand tevoorschijn. *Ik weet het zeker,* schrijf je, *dit is een boekwinkel die wordt gerund door iemand die jaren geleden is gestorven, maar door niemand wordt gemist.*

Onwennig stap je het chaotische labyrint van boeken binnen. Smalle, hoge gangen vol boeken. En daar, in een van die benepen gangen, met zicht op rijen en rijen afgepeigerde boekruggen, val je stil. Sinds je vertrek uit je studentenkamer heb je niet meer echt stilgestaan, maar daar in die nauwe doorgang laat je je op de grond zakken, een wand van boeken als rugleuning. Je blaast je handen warm. Ziet de natgeregende stof van je winterjas dampen. Het is onwezenlijk stil om je heen.

Zo staat het allemaal in je dagboek beschreven. We zijn op bladzijde 9.

Omgeven door de stilte – *alleen het geruis van de plenzende regen daar buiten* – valt alles in je hoofd heel even op zijn plaats. Je bedenkt dat je van deze stad houdt. Dat je het je wel kunt voorstellen: een leven hier, in deze wemelende stad. En daar in die boekhandel, omgeven door wel duizenden verhalen, herschrijf je je eigen verhaal. Wat als je het einde wijzigt? Dat hele sterven in het noorden vergeet en gewoon opnieuw begint in Amsterdam. Je wordt blij van je nieuwe plan. De ideeën volgen elkaar snel op. Wat als je het onvoltooide dagboek, het onuitgevoerde zelfmoordplan, hier in de boekwinkel achterlaat – *het omgekeerde van een winkeldiefstal* – en doorgaat met leven, maar dan een leven waar niemand iets van afweet? *Een schuilleven. Het kleine broertje van dood.*

Je fantaseert verder, maar nu vanuit het perspectief van het dagboek. Dagen, weken, jaren staat het te verkommeren op de plank, tussen stationsromannetjes, atlassen, geschiedenisboeken en geïllustreerde kinderboeken. Het zonlicht schuift versneld langs de verlaten boekengangen. Tot op een dag – het is lente, de regen is eindelijk opgehouden – dat belletje weer rinkelt, doordat er een jonge vrouw naar binnen komt. Ook zij ziet geen verkoper achter de toonbank staan, waardoor ze ietwat ongemakkelijk tussen de boeken schuifelt. Ze laat haar geringde hand over de boekruggen glijden, tot haar vingers blijven haken achter een boek dat iets dunner is dan de andere exemplaren. Behoedzaam trekt ze het uit het rek. Een zwart notitieboek, waar een kompas op staat getekend. Ze slaat het open en begint te lezen. De handgeschreven woorden werken op haar in. Ze laat zich op de vloer neerzakken.

Je stelt je de verwarring voor in haar *grote, diepdonkere ogen* als ze beseft dat dit het dagboek is van een jongen die onderweg is naar zijn dood. Bedenkelijk staart ze naar het plafond als dit naargeestige verhaal abrupt stopt in een Amsterdamse boekwinkel die wel erg lijkt op die waar ze nu zelf zit.

Het is de spannendste passage in je dagboek, omdat ik tegen wil en dank blijf geloven dat je deze keer wel voor deze milde versie zult kiezen, *het schuilleven, het kleine broertje van dood*. Zoals ik bij het bekijken van *Titanic* ook blijf geloven dat het schip dit keer wél zijn belofte van *unsinkable ship* zal waarmaken.

Maar ook in jouw verhaal zinkt het schip. Want uiteindelijk kies je niet voor het script met het gelukkige einde. De regen is overgewaaid, of je bent vertrokken zonder dat af te wachten, diep weggestoken in de kap van je jas, dat weten we niet. We weten alleen dat je de boekwinkel hebt verlaten zonder iets te kopen. En ook zonder iets achter te laten. Je had een andere bestemming voor ogen, voor jezelf en voor je dagboek.

Pagina 11:

Niks donkere meisjesogen die over mijn woorden glijden! Ik weet een veel en veel beter slot: verscheurd worden door de wolven! (Gelach met echogalm!)

Amsterdam is de enige stad waar ik, los van mijn geboortestad, niet onophoudelijk verdwaal. Dat komt doordat mijn uitgeverij er zit, ik er lesgeef en mijn liefste schoonzus er woont. Toch heb ik nooit kunnen achterhalen in welke winkel je tussen de boeken bent gaan zitten. Maar soms, op onbewaakte momenten, denk ik wel het belletje nog te horen dat rinkelde toen je daar de deur achter je dichttrok. De laatste afslag voor er alleen nog de weg rechtdoor naar het noorden was.

Maar ik geef niet op. Zonder aanknopingspunt stap ik nog elke keer willekeurige antiquariaten binnen, tweedehandszaken, schattige boekwinkels. Ik doe alsof ik gericht naar een boek op zoek ben, maar eigenlijk hoop ik gewoon over jouw lange benen te struikelen.

Er is een vaak terugkerende droom dat ik een nieuwe kamer ontdek in het huis waar ik intussen al jaren woon. In een andere, soortgelijke droom ontdek ik onderweg naar de supermarkt een boekwinkel waar ik nooit eerder op gelet heb. Als ik er nieuwsgierig naar binnen stap, rinkelt het belletje dat ik ken uit mijn dagdromen. En gelijktijdig met dat tingelende geluid zie ik jou op de toonbank zitten. 'Eindelijk!' zeg je. 'Ik dacht al dat je nooit meer zou komen.'

VIJF KINDEREN

I was far away from home, haunted and tired with travel, in a cheap hotel room I'd never seen, hearing the hiss of steam outside, and the creak of the old wood of the hotel, and footsteps upstairs, and all the sad sounds, and I looked at the cracked high ceiling and really didn't know who I was for about fifteen strange seconds. I wasn't scared; I was just somebody else, some stranger, and my whole life was a haunted life, the life of a ghost.

Jack Kerouac, *On the Road*

Het was bijna een nacht op straat geworden, want alle herbergen zaten vol, maar dan eindelijk – het was al stikdonker – toch een slaapplek gevonden! Geen gewone hotelkamer, maar een kajuit in een schip bij het Java-eiland. Stromend water en een bed, that's it, zelfs geen tafeltje. Gelukkig wel wat bluesmuziek die door de dunne muur sijpelt. Het doet me eraan denken dat ik mijn eigen muziek mis. Straks zal ik proberen om nog wat Arctic Monkeys en Rizzle Kicks te beluisteren in een platenwinkel.

(Hoe heet die kerel nu toch... Arie... manisch-depressief,

schreef Brommer op zee*, won de P.C. Hooft-prijs. Wil ik hem zijn? Die vraag stel ik me ook. Wil ik hem zijn? Maar hoe heet hij nu toch?)*

Op dit moment zitten je broer en schoonbroer in België op je te wachten, op de middelste rij in de bioscoop. Jullie hebben er afgesproken om samen naar *The Hobbit* te gaan, maar je komt niet opdagen. De hele film lang kijken ze telkens achterom, ook als de aftiteling al loopt blijven ze denken dat je alsnog binnen zult vallen, met een of ander moeilijk te geloven excuus.

In je dagboek heb je een bioscoopkaartje geplakt: *The Hobbit*, 13.30 uur, zaal 3, Pathé De Munt. Ook de ondertitel van de film staat op het ticket gedrukt: *An Unexpected Journey*.

Helemaal alleen ben je op het afgesproken tijdstip naar de film gegaan, maar dan in een andere stad, in een ander land. In je dagboek schrijf je niks over je broer of schoonbroer. Mijn moeder heeft daar een theorie over. Ze zegt: 'Als Wolf een van ons bij naam had genoemd in dat dagboek, dan was hij teruggekomen. Hij moest ons uit zijn gedachten wissen om te kunnen doen wat hij wilde doen.'

De bioscoop en de film krijgen wel een recensie:

Indrukwekkende filmzaal, maar verder was mijn laatste film een grote teleurstelling. Ik zou hier lang over kunnen doorbomen, maar ook kort: het boek is beter.

Drie dingen die ik vandaag gezien heb en zou willen onthouden, als dat tenminste kon:

1) Vrouw in de gietende regen. Ze sleept een kerstboom in een net achter zich aan. Nietsvermoedend loopt ze samen met de kerstboom door rood.
2) Stokoud koppel, zeker vijftig of zo. Zij zit achter op de fiets bij hem, met haar armen om zijn middel geslagen. Ik ben er niet uit of ik dit triest of mooi moet vinden.
3) Besnord mannetje scheldt zijn vriendin uit. Het babytje in de kinderwagen huilt. Wat een kutkerel! Had ik een hart, ik sloeg hem tegen de grond. Kan iemand dat alstublieft in mijn plaats doen? En zet intussen ook de muts van dat arme kind recht, please? Zelf ben ik er te moe voor.

Eeuwen moeten wachten in een Argentijnse pizzeria, maar heb me geen seconde geërgerd. Ik zat met mijn rug tegen de centrale verwarming en op mijn tafel stond een karaf met een liter rode flutwijn. Twee fascinerend opgemaakte diensters liepen gespannen heen en weer. Ze negeerden me straal. Goed zo, meisjes!

Nu ben ik er nog altijd niet achter hoe die man van Brommer op zee heet. En op dit moment ben ik te dronken om goed na te kunnen denken. Was het iets met een berg erin? Arie dat weet ik zeker. En ook weer niet. Was het Arie? Hoe meer ik erover nadenk, hoe verder mijn hersenen lijken af te drijven.

Onderweg naar het boothotel zie ik nog iets bijzonders voor mijn lijst-van-dingen-die-ik-zou-willen-onthouden-als-dat-tenminste-kon. Vijf jonge kinderen staan midden op de *weg. Op een rijtje. Ik lijk de enige die zich bezorgd afvraagt wat ze daar staan te doen.*

'Wat doen we als er een auto komt?' hoor ik de jongste vragen, maar niemand geeft hem antwoord, ook niet als er in de verte inderdaad twee lichtbundels om de hoek verschijnen. Aarzelend steekt de oudste haar armen uit, alsof ze de auto zo kan tegenhouden. De rest kirt van opwinding. Spelen ze dat ze samen doodgereden gaan worden?

Enter vreemdeling.

'Willen jullie eens wat zien?' vraagt hij, en intussen drijft hij met gespreide armen de kinderen de stoep op. De auto raast rakelings voorbij. Het zal de krant niet halen: 'Vreemdeling voorkomt vijf jonge verkeersdoden'.

Als ze samen veilig op de stoep staan, rolt de vreemdeling zijn mouw op en laat zijn vers gezette tatoeage zien. De kinderen kijken naar elkaar en dan naar zijn pols. 'Een C,' zegt de vreemdeling. 'De eerste letter van "controle".'

'Het is ook een halve cirkel,' merkt het oudste meisje op, het pientere neusje!

'Jullie zijn de eersten aan wie ik hem laat zien.'

Langer moet het intermezzo nu ook niet duren, dus deelt de vreemdeling vijf vuistjes uit en gaat er in huppelpas vandoor. Als hij bij de hoek van de straat nog een keer achteromkijkt, ziet hij dat ze hem verdwaasd nakijken. Het pientere neusje zwaait. Op dat ogenblik merkt hij dat hij verkeerd geteld heeft. Dat er maar vier kinderen staan, geen vijf.

Echt gebeurd!

ECHT GEBEURD

Het is een truc die ik je zelf nog heb aangeleerd. Als je wilt dat mensen je verzinsels voor waar aannemen, dan moet je spaarzaam zijn met het woordje 'echt'. Alleen amateurs beëindigen hun verhaal met: 'Echt gebeurd!' Dit is de regel: hoe vaker het woord 'echt' valt, hoe zekerder je kunt zijn van een zwaar geschonden waarheid.

Begrijp me niet verkeerd, ik heb niks tegen fantasten. Integendeel. Volgens mij ligt het probleem juist bij nuchtere figuren, type 'Niet waar, je overdrijft, er was maar één ambulance'.

Maar wie wil nu dood gevonden worden in een verkeersongeval met maar één ambulance? Als ik mijn laatste adem moet uitblazen bij een autocrash, dan mag ik hopen dat de ooggetuige een beetje een swingende verbeelding heeft. Voor mij alstublieft geen levenseinde waarin één enkele ambulance aan komt tuffen. Ik wil dat er bergen zand aangevoerd moeten worden om de wirwar aan bloedsporen te wissen.

We hebben al zo weinig in de pap van ons leven te brokken, dus je zult maar de pech hebben dat iemand jouw verhaal achteraf verknalt. Door het af te zwakken of door de verkeerde details te belichten. Ik bedoel, wie wil doodgaan aan een gesprongen appendix, als je ook kunt sterven door zelf te springen – van de hoogste duikplank van het buitenzwembad bijvoorbeeld?

Ik sla stappen over. Cruciale stappen. Laten we even een paar stapjes terugkeren. Naar een zijtak op mijn stamboom. Naar tante Jenny, de oudere zus van mijn grootvader. Niemand van ons, de levenden, heeft haar gekend, omdat ze in 1944, in haar zestiende levensjaar, doodging. Aan een gesprongen appendix. Of zo werd het ons tenminste altijd voorgehouden.

Na de dood van onze grootvader vonden we in zijn klemmende lades vol kasboeken ook het herbarium van zijn overleden zus terug. De bloemen die Jenny had geplukt tijdens haar laatste zomer op aarde. De bloemennamen zijn in kunstige blokletters bij de ingeplakte plantjes geschreven, met bijna mathematische precisie:

Bleke klaproos
Wilde ridderspoor
Dennenwolfsklauw
Gewone melkdistel

Gewone melkdistel – alweer een treffend bewijs dat niet iedereen geboren is met het gen om verhalen te vertellen. Welke naargeestige ziel heeft het in zijn hoofd gehaald om deze wonderplant te etiketteren met 'gewoon', terwijl zelfs Wikipedia er poëtisch van wordt: *Kiemplant met lepelvormige bladen die bedekt zijn met een poederach-*

tig grijs waas. De stengelbladen hebben een weke dofgroene kleur, met spitse oortjes aan de bladvoet.

Herfst 1944. Jenny heeft de bijzondere melkdistel nog maar net in haar herbarium geplakt, als ze een pijnlijke steek in haar onderbuik voelt. Even later staat ze dubbelgevouwen naast haar moeders bed, die zegt ze dat ze vast ongesteld moet worden. Maar de volgende dag is de zestienjarige Jenny dood en stelt de huisdokter post mortem de diagnose: een gesprongen appendix.

Zo werd ons het verhaal van de miserabele tante Jenny verteld als we op Allerheiligen verkleumd bij het familiegraf stonden om er een pot purperen chrysanten neer te zetten.

Pas als mijn grootvader in 2018 sterft en ik aan de keukentafel van mijn grootouders uiterst zorgzaam het fragiele herbarium van tante Jenny doorblader, vertelt mijn grootmoeder – wél gezegend met het gen om verhalen te vertellen – een heel andere geschiedenis. In haar versie krabbelt er een Jenny rechtop die maar weinig lijkt op het meisje dat ik er door dat duffe herbarium van had gemaakt.

Jenny heeft een klok van een stem en een eigen mening die ze daar graag mee verkondigt. Het lijkt erop dat ze bang is voor de stilte, want tot diep in de nacht houdt ze de buren wakker door zelfbedachte deuntjes te spelen op haar mondharmonica. Ze heeft kleine borsten en veel last van jeugdpuistjes, wat mijn grootmoeder 'jeugdbrand' noemt, wat ik een zeer geslaagd woord vind. Tante Jenny loopt het liefst rond op de grote tuinlaarzen van haar vader, en als ze aan haar kleine broer, mijn grootvader, vraagt om met de keukenschaar haar kastanjebruine haar af te knippen, omdat ze het geduld niet kan opbrengen om elke avond papillotten te moeten zetten van uit oude lakens gescheurde stofrepen, krijgt hij er de schuld van. 'Zo komt je zus nooit aan een man!' roept zijn moeder. Maar Jenny is dolgelukkig. Onophoudelijk strijkt ze met haar vingers over haar nieuwe korte kopje.

Jenny is een goede zwemmer. Ze zwemt niet elegant, maar wel snel. Met een heel eigen, nog niet gepatenteerde zwemslag. In de jaren veertig worden meisjes niet geacht te kunnen zwemmen. Toch gaat ze drie keer per week, in haar eentje, naar het buitenzwembad om baantjes te trekken. Dat doet ze in de vroege ochtend, nog voor haar eerste lesuur. Ze volgt de opleiding tot lerares, vandaar het herbarium.

Het is begin oktober als tante Jenny voor het laatst haar gebreide marineblauwe badpak aantrekt en het koude water van het buitenzwembad in glijdt. Haar adem wolkt, de lucht is loodgrijs, de eerste gevallen bladeren drijven op het wateroppervlak. Na haar dagelijkse training staat ze rillend aan de waterrand, met haar te kleine handdoekje over haar schouders geslagen. Op dat moment wordt haar aandacht getrokken door een merel die nietsvermoedend op de betonnen duiktoren neerstrijkt, op de bovenste verdieping, daar waar in de zomermaanden alleen de populairste jongens vanaf doken.

Ze is zich van geen enkele voetstap bewust, maar ineens staat ze boven, op de derde verdieping van de toren, met haar tenen over de rand. De lucht is snijdend koud, toch maakt ze het riempje van haar badmuts los. Ze wil de wind door haar korte haar voelen als ze straks vliegt.

Eén detail vertelt mijn grootmoeder er niet bij, maar de sterfdatum op de vergeelde en flinterdunne rouwbrief die ik later in de archieven van mijn vader opduik, laat er geen twijfel over bestaan. Tante Jenny is 'godvruchtig in de Heer ontslapen den 6 oktober 1944'. De stad is op dat moment nog geen maand bevrijd van de Duitse bezetter. De vlaggetjes en slingers liggen nog natgeregend in de straatgoten. Op de een of andere manier geloof ik dat dit geen onbenulligheid is, dat historische context altijd een rol speelt.

Maar snel terug naar het buitenzwembad, anders missen we de grote sprong van tante Jenny. Ze strekt haar armen naar de hemel en zet zich af van de rand. Haar kleine, gespierde lichaam glijdt zonder weerstand door de oktoberlucht. Ze vliegt. Een vlucht die maar enkele seconden duurt, maar die alles overtreft wat ze tot nu toe heeft mogen voelen, ook die keer dat ze met haar fiets van de zandheuvel naar beneden is gestoven zonder haar remmen dicht te knijpen.

Maar bij het neerkomen gaat het mis. Ze landt verkeerd. En water is hard als graniet als je er van tien meter hoog plat op je buik op neerkomt.

Later die ochtend steekt Jenny midden in de les haar vinger op en vraagt met een ongewoon klein stemmetje of ze naar het ziekenkamertje mag. Ze blijft vaag over de reden, doodsbang dat de zuster vooraan in de klas erachter zal komen wat er die ochtend is voorgevallen. Een meisje op een duikplank – Jenny weet wat die stuurse vrouw onder die gesteven kap daarvan zou vinden. Jenny moet denken aan het zinnetje uit haar catechismus: *Veel engelen zijn aan God trouw gebleven: die noemt men engelen. Andere zijn tegen God in opstand gekomen en vielen zo uit de hemel naar beneden.*

Jenny mag vroeger naar huis. Maar ook daar beschermt ze haar geheim, door met haar handen om haar buik geklemd onder haar deken te kruipen. Pas als de pijn werkelijk ondraaglijk is geworden bekent ze aan haar ouders wat er in het buitenzwembad is gebeurd. Haar vader, die niet in wanhoop gelooft, racet ervandoor op zijn dochters fiets. Het is al donker als hij terugkomt met aan zijn zijde de beroemde dokter. In de krant heeft hij gelezen over de chirurgische wonderen die hij heeft verricht. (Later zal ik als kind schommelen in een park dat naar deze dokter is genoemd.)

De beroemde dokter schuift een stoel naast het bed van Jenny en bevoelt haar buik. Hij neemt zijn tijd. Maar als hij zijn stethoscoop gewichtig weer opbergt, komt het vonnis: het buikvlies is gescheurd en daar kan niks aan worden gedaan, behalve bidden. De hele nacht zit hij samen met haar ouders naast het sterfbed. Pas als hij in de vroege ochtend een laatste keer naar Jenny's onstuimige hart wil luisteren, hoort hij een stilte die zo onmetelijk diep is dat hij er hoogtevrees van krijgt. Hij zoekt de blik van de ouders en schudt langzaam van nee.

Met verbijstering zat ik mijn grootmoeder aan te kijken toen ze me dit allemaal uit de doeken deed. Meer dan ooit besefte ik hoe belangrijk de juiste woorden zijn. De 'duiktoren' weglaten uit het verhaal van tante Jenny, dat was zoiets als de keien uit de jaszakken van Virginia Woolf halen. Hoewel ik de versie met de vliegende tante Jenny veruit de mooiste vind, begrijp ik wel waarom de appendixversie in het leven is geroepen. Een jonge vrouw die de diepte in is gesprongen – dat kan op twee manieren geïnterpreteerd worden. Jenny wilde voelen dat ze leefde, of: ze wilde nooit meer voelen dat ze leefde. Iedereen weet dat zelfmoordenaars voor ze van de brug springen hun schoenen uittrekken. Daar is geen enkele logische verklaring voor, het is gewoon een absurd terugkerend element. Geldt diezelfde regel ook voor een badmuts? En hebben haar ouders daarom de duiktoren verzwegen, net zo lang tot hij oploste in de oktobermist? Herhaal iets tien keer en je hebt een nieuwe waarheid. In dit geval: herhaal tien keer dat tante Jenny is gestorven aan een gesprongen appendix en de duiktoren verdwijnt steeds meer uit beeld. Ook de schrikwekkende schaduw die hij over het water liet vallen.

Ik weet niet waarom ik ermee wacht tot ook mijn grootmoeder sterft voor ik aan mijn ouders vertel wat ik heb ontdekt over tante Jenny. Maar mijn verhaal valt in weinig vruchtbare aarde. Mijn vader onderbreekt me. 'Welk buitenzwembad?' Hij verlaat meteen de kamer en komt terug met twee boeken over lokale geschiedenis onder zijn arm. Na wat zoekwerk ziet hij bevestigd wat hij al dacht: het enige openluchtzwembad dat er in de wijde omtrek is geweest, werd al in 1930 gesloten voor de aanleg van de ringweg. Dat is veertien jaar voordat tante

Jenny in de Heer is ontslapen. 'En kijk,' zegt mijn vader, 'bij dat zwembad was helemaal geen duiktoren.'

Ontgoocheld kijk ik samen met hem naar de enige bewaarde zwart-witfoto van het verdwenen zwembad. Besnorde jongemannen die vanaf de zwembadrand vrolijk achteromkijken naar de fotograaf. Nergens ook maar vaag de contouren van een duiktoren.

'Is ze dan toch gewoon doodgegaan aan een gesprongen appendix?' vraag ik me hardop af, en het voelt alsof met die vraag alle bloemen in Jenny's herbarium verpulveren. 'Misschien ligt de waarheid ergens in het midden,' probeert mijn moeder, en ik weet dat ze het troostend bedoelt, maar het midden, daar wil je met je verhaal toch niet stranden?

Een middelmatig leven was ook jouw grootste angst. In die zin deed je er heel verstandig aan om je eigen verhaal neer te schrijven voor je in de sneeuw ging liggen wachten op de dood.

Doordat je werd teruggevonden met een verhaal op je lichaam gebonden, zal jouw leven, hoe kort het ook was, veel en veel langer herinnerd worden dan het onze. Terwijl wij zo veel meer kille ochtenden uit ons bed zijn gekropen, afmattende banen hebben volgehouden, naar de wachttoon van het telecombedrijf zijn blijven luisteren en treinen voor onze neus hebben zien wegrijden, nadat we de ziel uit ons lijf hebben gerend, zullen de kinderen die we zelf hebben gebaard en de kinderen van die kinderen en ook hun kinderen niet over ons, maar over jou vertellen: Wolf, de jongen die op achttienjarige leeftijd naar Lapland trok om onder het noorderlicht te sterven.

Ik ben me ervan bewust dat je dagboek (het levensgevaarlijke land Moleskine) misschien niet helemaal waarheidsgetrouw is. Omdat de fictie nu eenmaal een magnetisch veld is dat al aan je pen begint te trekken zodra je penpunt het papier raakt. Daar ben je zelf ook achter gekomen:

> *Hoe meer ik schrijf, hoe meer de echte ik ophoudt te bestaan en hoe meer ik als een personage tevoorschijn kom op de blaadjes van dit schrift. Met elk woord groeit de papieren versie van mezelf. Terwijl de echte ik meer en meer in de schaduw verdwijnt.*

Toch leest je dagboek als een eerlijk verslag. Er spreekt een ontwapenende oprechtheid uit zinnen als: *Elke traptrede is een afgrond.* Of: *Pindakaas is by the way een onverwacht succes.* Er is maar één moment waarop ik je ervan verdenk dat je de boel aan het belazeren bent, en dat komt door de toevoeging 'echt gebeurd!' Als het woordje 'echt' valt, dan ben ik op mijn qui-vive. Dat 'echt' maakt de hele ontmoeting met die vijf Amsterdamse kinderen in mijn ogen zeer twijfelachtig. Is het losjes gebaseerd op iets wat je zag gebeuren? Of is het een bewust geconstrueerd verhaal waar je ons iets duidelijk mee wilde maken?

Vijf kinderen – natuurlijk denk ik meteen aan ons gezin, met jou als jongste. In je verhaal is het de jongste die de oudere kinderen waarschuwt voor aankomend gevaar, maar hij wordt genegeerd.

De vreemdeling die toekijkt, dat ben jij, en we voelen

meteen een parallel tussen jou en de jongste. Jullie zijn allebei onrustig over het nakende onheil, terwijl andere omstaanders niet eens lijken te merken dat die kinderen daar midden op de weg staan. Niemand voorziet welk verpletterend gevaar er zo meteen de hoek om kan komen. Alleen jij, de vreemdeling, en de jongste hebben de blik van een ziener.

Maar op welk gevaar doelde je? Was je toch bang geworden voor het einde van de wereld, of spreken we over angst van een heel ander soort – voor het sluipende gif van een gewoon leven? Kreeg je het stervenskoud bij de gedachte aan een leven zoals dat waar wij, je broer en zussen, in gevangenzaten: met slopende banen, jengelende kinderen en voor onze neus wegrijdende treinen?

Zijn dat de verlammende koplampen die je zag naderen? Is dat het gevaar waar jij, de jongste, ons zo graag voor wilde behoeden? In die betekenis vind ik deze passage zeer pijnlijk:

> *'Wat doen we als er een auto komt?' hoor ik de jongste vragen, maar niemand geeft hem antwoord, ook niet als er in de verte inderdaad twee lichtbundels om de hoek verschijnen. Aarzelend steekt de oudste haar armen uit, alsof ze de auto zo kan tegenhouden. De rest kirt van opwinding. Spelen ze dat ze samen doodgereden gaan worden?*

Het is een verwijt dat ik mezelf tot op de dag van vandaag, meer dan tien jaar na je dood, blijf maken. Als wij, de oudsten, hadden gekozen voor een meeslepender bestaan, dan had jij er misschien meer op vertrouwd dat er jou ook iets waardevollers te wachten stond dan een volle spaarkaart bij het benzinestation. Nog concreter neem ik het mezelf kwalijk dat ik pas ben gaan schrijven na jouw dood, omdat ik weet dat het jouw grootste droom was om een boek te publiceren. Nog elke keer als ik naar binnen stap bij mijn uitgeverij, een met goud overgoten grachtenpand in de stad waar je zo graag ronddoolde, zou ik willen dat je daar getuige van was, een klein beetje om je jaloers te maken, maar nog veel meer om jou erop te laten vertrouwen dat het wel degelijk mogelijk is: je naam op een boekkaft.

Je had twee grote dromen: schrijver worden en een leven leiden dat groter was dan het leven zelf. Op de een of andere manier zijn die dromen samengevallen in je dagboek.

Wat ik tot nu toe, niet eens doelbewust, vergat te vermelden, dat is dat het dagboek dat hier voor me ligt niet je echte dagboek is. Het is ook geen kopie van het origineel. Mijn vader heeft je handgeschreven dagboek uitgetikt en dat bestand in viervoud gekopieerd voor zijn vier overgebleven kinderen. Het heeft een tijd geduurd voor ik begreep dat jouw tekst niet ongeschonden uit dat proces is gekomen, dat mijn vader ingrepen heeft gepleegd. 'Censuur' is een groot woord, maar daar komt het wel min of meer op neer.

Ik kwam erachter doordat mijn moeder zich wel eens zaken liet ontvallen die nergens vermeld stonden in mijn gekuiste versie. Maar hoe driftig mijn vader geschrapt heeft, daar kan ik alleen maar naar gissen. Zijn er volle pagina's gesneuveld, of gaat het om een woordje hier en een bijzinnetje daar? En is het daarbij gebleven of heeft hij je tekst ook opgeschoond, aangevuld, uitgebreid, opgeleukt? Ik kan me in elk geval niet voorstellen dat hij het over zijn hart zou kunnen krijgen om een dt-fout te laten staan.

Ik neem het mijn vader niet echt kwalijk. Een ouder wil zijn kind in bescherming nemen, daar brengt de dood geen verandering in. In de eerste weken na je begrafenis voelde mijn moeder elke avond de behoefte om een deken naar het kerkhof te brengen. Dan stond ze midden in de nacht het tv-dekentje in haar fietstas te proppen en moest mijn vader haar terug naar binnen begeleiden, met diezelfde deken om haar heen geslagen.

Ook het oerdagboek van Anne Frank is niet ongemoeid gebleven, en ook hier was het de vader die de corrigerende pen vasthield.

Otto Frank is de enige van het gezin die het vernietigingskamp Auschwitz overleeft. Samen met zo'n honderdvijftig lotgenoten wordt hij op de trein gezet, van Auschwitz naar Katowice, waar ze gedesinfecteerd en gewassen worden en er voor het eerst in tijden iets op hun bord verschijnt wat op voedsel lijkt.

In een zwart notitieboekje maakt Otto aantekeningen van zijn uittocht uit de onderwereld. Nauwgezet noteert hij wat hij eet en wat zijn darmen wel en niet kunnen verteren.

In het opvangcentrum van Katowice ontmoet hij Rosa de Winter, die ineenkrimpt als ze Otto ziet, want zijn vrouw Edith is in haar bijzijn overleden. Als ze hem dit vertelt, legt Otto zijn armen en daarna zijn hoofd neer op de tafel, en blijft minutenlang in die houding liggen.

Die avond schrijft hij in zijn boekje: *Mevr. De Winter bericht overlijden van Edith op 6 Jan. 45 in het ziekenhuis uit zwakte zonder te lijden. Kinderen zeer flink, ins bijzonder Anne.*

Otto klampt zich vast aan de hoop om zijn dochters gauw weer in de armen te kunnen sluiten.

Tijdens de lange treinreis naar Odesa maakt hij aantekeningen in zijn boekje: beschrijvingen van soldaten, dorpsvrouwen, boeren die brood, kip en eieren verkopen. Hoe ze in Czernowitz, de voormalige Roemeense universiteitsstad, als goden ontvangen worden met thee en likeur, dampende soep, gebakken aardappelen, vlees en pudding.

Op 1 mei 1945 is Otto Frank jarig. Voor het eerst in zijn leven viert hij dat alleen. Hij doolt net zo lang rond door de straten van Odesa tot hij verdwaalt.

Acht dagen later stapt hij samen met tal van medereizigers aan boord van het Nieuw-Zeelandse stoomschip Monowai. Mannen in witte uniformen staan hen op te wachten en de officier schudt iedereen die aan boord komt persoonlijk de hand. Enkelingen klaren daarvan op; de meesten kijken naar hun kapotte schoenen, beschaamd over de stinkende lompen om hun vermagerde lijven.

Benedendeks staan rijkelijk gedekte tafels, met wit gesteven tafellakens en lekkers in glimmende schalen. Helaas kunnen de magen van de passagiers nog geen grote porties verdragen, maar doodsbang om opnieuw honger te lijden, verbergen ze het voedsel onder hun kleren.

Op 3 juni loopt Otto Frank weer door de straten die hij zo goed kent, in de Rivierenbuurt in Amsterdam. In zijn handen draagt hij een bundeltje met daarin zijn weinige bezittingen. Verderop in de stad wordt de bevrijding luid en kleurrijk gevierd, maar hier zijn zo veel mensen verdwenen dat er een breekbare stilte hangt. De elektriciteit is afgesloten, er rijdt geen tram meer door de straten.

In een rechte lijn loopt hij naar het huis van Miep Gies, zijn voormalige secretaresse en vriendin van de familie. Zij is degene die, met gevaar voor eigen leven, het gezin heeft helpen onderduiken in het Achterhuis.

Als Miep dagdromend naar buiten kijkt, ziet ze een gedaante langs het raam schuiven die ze meteen herkent. Ze rent naar hem toe. Er volgt geen omhelzing, maar ze blijven elkaar wel lang in de ogen aankijken. De woorden haperen.

Miep en haar man Jan bieden Otto een kamer aan in hun huis. Als meneer Frank, zoals Miep hem noemt, op de rand van zijn eenpersoonsbed plaatsneemt, blijft hij een tijd lang bewegingloos zitten.

Al die tijd heeft hij nog niks vernomen over zijn dochters Anne en Margot. Hij plaatst advertenties in de krant en gaat elke dag langs bij het Rode Kruis om de namenlijsten van vermiste personen te bekijken.

Op een ochtend zijn er naast de namen Annelies Marie Frank en Margot Betti Frank twee kruisjes getekend. Bij navraag blijkt ene Lien Rebling dat te hebben gedaan. Otto Frank trekt meteen naar Laren om verhaal te halen – een gebeurtenis die Lien Rebling een leven lang bijblijft:

> *[...] een lange magere, gedistingeerde meneer, een aristocraat om te zien en hij vroeg of ik wist wat er van zijn twee dochters geworden was. En dat wist ik. Maar ik kon het niet over mijn lippen krijgen.*

Twee maanden voor de bevrijding van Nederland is Otto's oudste dochter Margot in concentratiekamp Bergen-Belsen overleden aan vlektyfus. Haar zusje Anne is er op dat moment ook heel slecht aan toe. Door de tyfus lijdt ze aan hallucinaties. Ze sterft een paar dagen na haar zus.

In zijn dagboek zwijgt Otto in alle talen over wat hij die dag te horen krijgt. Op deze dag staat er doodeenvoudig: LIEN REBLING.

Otto is niet van plan om ten onder te gaan. Met een ongeziene daadkracht hervat hij het werk. Ondanks de verklaring van Lien Rebling blijft hij geloven dat het om een misverstand gaat, een persoonsverwisseling in de chaos van de oorlog. Hoopvol blijft hij uitkijken naar een brief van de zusjes Frank, een telegram, een teken van leven.

Als er dan eindelijk een bericht komt van het Rode Kruis waarin de dood van de meisjes bevestigd wordt, krijgt Otto niet de tijd om in te storten. Miep Gies snelt naar haar bureau, opent de bovenste la en haalt er een stapel volgeschreven vellen papier uit. Daarbovenop ligt een vierkant poëziealbum met een rood-wit geruite kaft en een verweerd koperen slotje. Ze geeft het aan meneer Frank met de woorden: 'Dit is de erfenis van uw dochter Anne.'

Miep heeft het dagboek in het Achterhuis gevonden na de aanhouding van de familie Frank tijdens de nazirazzia van 4 augustus 1944. Ze heeft zich voorgenomen het veilig te bewaren tot Anne terugkomt.

Tegen Mieps verwachtingen in duikt Otto niet meteen in het dagboek. *Ik heb de kracht niet om het te lezen,* schrijft hij aan zijn moeder.

Pas een maand later, in de herfst, slaat hij het open, om daarna niet meer te stoppen met lezen.

In een volgende fase stuurt Otto uittreksels naar familie en vrienden. Tot zijn grote verrassing verschijnt er een paar maanden later op de voorpagina van *Het Parool* een column gewijd aan het dagboek van zijn dochter, getiteld: *Kinderstem*. De tekst is van historicus Jan Romein, die het typoscript via zijn vrouw in handen heeft gekregen:

> *Toen ik het uit had, was het nacht en het verwonderde mij, dat het licht nog brandde, dat er nog brood en thee te krijgen waren, dat ik geen vliegtuigen hoorde ronken en er geen soldatenlaarzen weerklonken op straat, zó had de lezing mij gevangen en teruggevoerd naar de onwezenlijke wereld die nu al bijna weer een jaar achter ons ligt.*

Diezelfde Jan Romein zal ervoor zorgen dat het dagboek gepubliceerd wordt.

> *Lieve Kitty, stel je eens voor hoe interessant het zou zijn, als ik een roman van het Achterhuis zou uitgeven. Aan de titel alleen zouden de mensen denken, dat het een detectiveroman was.*
> *(29 maart 1944)*

Vijf jaar nadat Anne het dagboek voor haar dertiende verjaardag heeft gekregen, worden haar woorden gebonden in een eenvoudige kartonnen kaft, waar de titel op komt die ze zelf tijdens de oorlogsjaren heeft bedacht: *Het Achterhuis.*

Het dagboek van Anne Frank bereikt miljoenen lezers. Otto wordt overstelpt met brieven: *Ik ben een vaderfiguur geworden voor veel jonge mensen. [...] Er zijn tijden geweest dat ik mijn correspondentie niet eens aankon.*

Maar er komen ook brieven met woorden scherp als hakenkruisen: *Typisch Joods om met het stinkend lijk van zijn eigen dochter nog geld te verdienen.*

Meer en meer negationisten trekken de echtheid van het dagboek in twijfel, wat in 1959 tot een rechtszaak leidt, die Otto in het gelijk stelt. Hoewel de authenticiteit van het dagboek in de rechtbank wordt vastgesteld, blijven er mensen twijfel zaaien. Bij analyse van het dagboek valt op dat bepaalde passages in balpen zijn geschreven, wat de non-believers aanwenden als argument om de valsheid van het dagboek aan te tonen, want waren balpennen niet pas na de Tweede Wereldoorlog verkrijgbaar in Nederland?

De ingrepen met balpen zijn door Otto Frank gedaan, die net als mijn vader is tussengekomen in het verhaal van zijn overleden kind. Wat schrapt een vader? Ik vind het een interessante vraag.

Als Anne al te loslippig uitweidt over schaamlippen, maandstonden en de 'verschrikkelijke behoefte' om haar borsten aan te raken, voelt vader Otto zich verplicht om in te grijpen. Ook als ze het heeft over de vertroebelde band met haar moeder Edith is het voor Otto bijzonder pijnlijk om dat te lezen. Hij probeert de scènes te verzachten, onder meer door Annes lievelingswoord met betrekking tot haar moeder, 'verschrikkelijk', te vervangen door het mildere 'lastig'.

Over haar vader kan Anne dan weer geen kwaad woord zeggen. *M'n vader, de liefste schat van een vader die ik ooit ontmoet heb...* schrijft ze. Maar deze regel, die overloopt van liefde en bewondering, komt niet in het gepubliceerde dagboek, en wel omdat Otto hem bij het redigeren heeft geschrapt. Hij heeft zichzelf weggehaald, zodat zijn vrouw niet in de schaduw zou belanden.

Wat schrapt een vader? Een mooie vraag.

In jouw dagboek weet ik alvast van één fragment zeker dat mijn vader het geschrapt heeft. De scène waarin je in Amsterdam een jonge prostituee bezoekt. De geschreven bron heb ik niet ter beschikking, dus ik parafraseer wat de mondelinge overdracht (mijn moeder) me wist te vertellen.

Het dient vermeld te worden dat mijn moeder een geboren verhalenverteller is en dat ik waardeloos ben in parafraseren.

Het meisje is geboren in Odesa. Ze lijkt amper twintig, is mager als een kind en heeft de gevaarlijke ogen van een zwerfkat. Ze draagt sportondergoed van een duur merk en hijgt niet als ze boven op je gezeten haar werk doet. Ze is snel en behendig, weet wat ze doet en lijkt trots op dat talent. Je bent ontgoocheld dat er niks van droefenis van haar onopvallend opgemaakte gezicht af te lezen is. Je betaalt cash, met drie verfrommelde briefjes van twintig die los in de achterzak van je knellende jeans zitten. Vlak voordat je gaat, strijkt ze de blonde kuif die over je voorhoofd hangt opzij en vraagt: ‘*What’s this?*’ Blijkbaar is het grote litteken op je voorhoofd haar opgevallen toen ze haar kunstjes deed. ‘*O, I forgot to mention,*’ zeg je. ‘*I’m Harry Potter.*’ Zo krijg je haar net voor je gaat toch nog aan het lachen.

Als ik mijn moeder ernaar vraag, zegt ze dat ze het troostend vindt dat je je maagdelijkheid nog bent kwijtgeraakt voor je ging. Dat je op de een of andere manier niet alleen in cijfers, maar ook in rituele zin volwassen was toen je alleen in dat donkere bos verdween. Ze vindt het alleen jammer dat het liefdeloos is gebeurd, terwijl we na je dood zo veel gebroken meisjes op de stoep hebben aangetroffen. Mijn ouders lieten ze binnen en boden hun thee aan. Vaak begonnen ze al te vertellen voor de thee getrokken was. Op die manier leerden we je kennen in een nieuw soort verhalen.

Er is het meisje met wie je een hele nacht hebt rondgefietst, terwijl ze achter op je bagagedrager zat. Ze besloot haar verhaal met: ‘Het probleem is, als er daarna een jongen komt die je meeneemt naar de film, dan val je al in slaap bij het idee.’

Er is het meisje met het warrige haar voor wie je zelfgeschreven liedjes had ingezongen op cassettebandjes, die ze bij haar grootouders moest gaan beluisteren, omdat ze thuis geen cassettespeler meer hadden. Het mooiste nummer vond ze ‘I’m in Love with the Voice-mail Girl’, al is ze dat nummer na je dood wel heel anders gaan beluisteren. Vooral door het zinnetje *I'm not alone in this world, I have the voices in my head.*

Er is een meisje dat soms nog de vernietigende sms herleest die je haar stuurde. Ze kan het nog altijd niet rijmen met het andere cadeau dat je haar gaf: een handgeschreven verhaal dat zich afspeelt in het Parijs van de vorige eeuw en waarin het hoofdpersonage haar naam draagt. Ze werkt in Club Étoile en heeft de angstige ogen van een straatkat.

Er is het meisje dat je al kent sinds je kinderjaren en met wie je samen de catwalk op liep tijdens de modeshow van onze oudste zus, op de klanken van Max Richter. Door de jaren heen behielden jullie een bijzondere band. Op gezette tijden, vooral 's nachts, sms'ten jullie elkaar de woorden: *Ik hou niet van je.* Na je dood is dat meisje bij mijn ouders komen vragen of ze je kamer nog eens mocht zien, omdat ze zeker wist dat je er iets voor haar had achtergelaten. Zij was degene die de enigmatische letters kon ontraadselen die boven je bed stonden geschreven: HNVJ – 'Hou niet van jou'. De tekst die ze voorlas op de begrafenis eindigde met: 'PS: Ik ook niet van jou.'

Maar het meisje om wie je treurde tijdens je laatste reis is nooit op onze stoep beland, terwijl ze die hele tocht naar het noorden niet uit je gedachten is verdwenen. Haar naam begint met een C, waardoor we geneigd zijn te geloven dat de letter die je op je arm liet tatoeëren niet alleen maar de C van 'controle' was.

Ik herinner me een gesprek met mijn redacteur in Amsterdam. We hadden het over dit boek en aten intussen zelfdestructieve broodjes. Zonder aanleiding vroeg hij ineens, alsof hij zelf overvallen werd door de vraag: 'Heb je de dagboekfragmenten van je broer zelf intact gelaten?' Ik gebruikte het onhandige broodje als excuus, bleef extra lang op mijn hap kauwen, waarna ik verongelijkt antwoordde: 'Natuurlijk!'

Bij leven was ik je eerste lezer. Je vertrouwde me al je schrijfsels toe, waar ik vervolgens met mijn rode balpen in tekeerging. Pijlen, correcties, de kantlijn tjokvol tips en opmerkingen. Grote zus zou je eens leren hoe je moest schrijven.

Je dagboek, dat op de hoek van mijn werktafel ligt, of beter: de kopie van mijn vaders versie, heb ik al lange tijd niet meer opengeslagen. En ik moet toegeven dat het niet meer te maken heeft met mijn angst voor het duistere land Moleskine, maar wel met het feit dat ik niet meer zeker weet of mijn versie nog wel met de jouwe overlapt.

Mede daardoor stel ik me wel eens de vraag of het wel mijn grootmoeder is geweest die Jenny op die duiktoren heeft gezet. Of heb ik dat zelf gedaan? Heeft mijn grootmoeder hooguit laten vallen dat Jenny van zwemmen hield en heb ik dat gegeven uitvergroot tot het formaat van een duiktoren? Het magnetische veld van de fictie heeft altijd een immense uitwerking op me gehad. Het is op z'n minst opmerkelijk te noemen dat mijn allereerste verhaal zich afspeelt in een zwembad met een duiktoren.

Mijn allereerste verhaal, of laten we zeggen: mijn allereerste poging om iets als een verhaal op papier te zetten, is met bruinrode inkt op lichtblauw luchtpostpapier geschreven. Ik was achttien, net zo oud als jij toen je je dagboek schreef.

In het verhaal groeien drie zussen op bij een moeder die door rouw in een soort waas leeft. De oudste dochter, Ophelia, vraagt haar moeder graag uit over vroeger, toen ze samen met de overleden vader van de meisjes aan danswedstrijden deelnam. De in plastic verpakte feestjurken in haar kleerkast getuigen stilzwijgend van dat met pailletjes bezaaide verleden.

Elke woensdagmiddag gaat de moeder samen met haar dochters naar het zwembad. Van achter het raam van de cafetaria kijkt ze toe hoe haar meisjes baantjes zwemmen. Het valt Ophelia op dat hun moeder nooit echt kijkt, dat er mistbanken voor haar ogen hangen.

In de voorlaatste scène staat Ophelia samengepropt met haar zusjes in een kleedhokje, maar in plaats van hun badpakken haalt ze drie indrukwekkende feestjurken tevoorschijn. De jongste steekt haar armen al in de lucht, zodat Ophelia de blauwe jurk over haar hoofd kan schuiven. De tweede zus krijgt de jurk die dwarrelt als een opengevallen lelie. Zijzelf trekt een mosgroen exemplaar aan.

Ze drukt haar zusjes op het hart om te blijven rennen, ook als de badmeester op het fluitje rond zijn nek gaat blazen.

Hand in hand rennen ze over de gladde tegels. Ze negeren de badmeester, die van verbazing bijna van zijn trapstoel valt. Pas bij de duiktoren houden ze halt; ze tillen hun jurken een stukje op en beginnen aan de beklimming. De eerste verdieping slaan ze over en ook de tweede. Bij de derde verdieping, tien meter hoog, houden ze halt.

Hand in hand wandelen de zusjes naar de rand. Als ze daar staan, met hun tenen aan de rand, ziet Ophelia dat haar moeder in de cafetaria is opgestaan en tegen het raam gedrukt staat.

Dan springt ze. En de zusjes aan haar hand springen vanzelf mee.

Dit verhaal is de kiem van wat later mijn debuut zal worden, *De kinderen van Calais*, over twee tienermeisjes die hand in hand van de kliffen bij Cap Gris-Nez springen.

Jaren later duikt de duikplank opnieuw op, dit keer als coverbeeld van mijn roman *Pluto*. Het beeld is van collagekunstenaar Sammy Slabbinck, getiteld *High on Summer*. Hij heeft twee oude tijdschriftfoto's op elkaar geplakt, met een surrealistisch droombeeld als resultaat. Op het eerste zicht zie je een zomerse foto van een meisje dat met een strohoed op aan de rand van een duikplank zit, maar dat beeld is boven op een luchtfoto geplakt, waardoor dat meisje op duizelingwekkende hoogte zit, levensgevaarlijk hoog. Wie daarvanaf valt, kan ook niet door de beroemde dokter weer in elkaar worden gezet.

Stonden er wel of geen kinderen op straat in Amsterdam? We zullen het nooit weten. Toch blijf ik er, door de toevoeging 'echt gebeurd', van overtuigd dat je ze verzonnen hebt.

Ik neem het je niet kwalijk. Zelf heb ik ook ontzettend veel verzonnen. De meeste verzinsels moesten ervoor zorgen dat ik verliefd bleef op waardeloze mannen. Maar mijn mooiste verzinsel is een verhaal dat ik mezelf heel vaak opnieuw vertel, vooral als ik door angst overmand de slaap niet kan vatten. Het is een verhaal met de kracht van een wiegelied. Ik heb het verwerkt in mijn roman *Pluto*.

Op een zolderkamer in Amsterdam wordt een meisje verwekt. Ze is het resultaat van een stormachtige vrouw en een verwarde jongen. Als de vrouw de jongen wil gaan vertellen dat ze zwanger van hem is, ontdekt ze dat hij niet meer leeft, omdat hij uit het raam is gesprongen. Hij zal nooit weten dat hij tegen wil en dank toch voortleeft. In de vorm van een dochter.

Meestal weet ik niet goed waar mijn verhalen vandaan komen, maar in dit geval weet ik het heel goed. Het bouwt voort op iets wat ik mezelf heb wijsgemaakt in een poging om overeind te blijven: dat je een kindje hebt verwekt bij het meisje uit Odesa.

In mijn fantasie heeft ze de Calvin Klein-beha ingeruild voor een borstvoedingsbeha en loopt ze door de stad achter een ouderwetse kinderwagen, zo'n model met grote wielen. Bij een boekhandel met beslagen ruiten houdt ze halt. Ze kijkt even op naar de gevel en duwt dan met één hand de deur open, waardoor er een tingelend geluid weerklinkt. Met veel pijn en moeite probeert ze de kinderwagen naar binnen te duwen, maar de wielen blijven steken achter de dorpel, en omdat er geen verkoper tevoorschijn komt om haar te helpen, besluit ze om haar bezoek aan de boekwinkel uit te stellen. Opnieuw kijkt ze op naar de gevel en dan loopt ze door. Ik kan haar niet tegenhouden, terwijl ik weet dat jij in het midden van de winkel, het labyrint van boeken, met je lange benen voor je uitgestrekt, op hen zit te wachten.

Het kind heeft een letter C op haar arm en als ze later aan haar moeder vraagt waarom er een halve cirkel op haar arm staat, antwoordt die: 'Omdat je zonder je vader nooit compleet zult zijn.'

Als het me echt niet lukt om te slapen, omdat de schaduwen weer dreigend over het plafond kruipen, leg ik dat kindje in gedachten te slapen. Ik sus haar onder het zingen van verzonnen deuntjes en als haar ogen eindelijk dichtvallen, fluister ik: 'Slaap wel, kleine Jenny.'

VERMISSEN

Tijdens je lange vermissing stuurt mijn vader je bijna elke dag een mail. Dit is de zeer korte samenvatting van die eenzijdige correspondentie:

***woensdag 19 december 2012 23.08:* DONKERE DAGEN**
We hebben er vrede mee dat je alles (ook ons) voor een tijdje achter wil laten, maar laat ons gewoon iets weten. Als we vrijdagavond geen bericht van je ontvangen, zullen we contact opnemen met de politie. Dat doen we met tegenzin. Laat je iets horen? Of kom gewoon naar huis.

***donderdag 20 december 2012 21.40:* TOT MORGEN?**
Er gaat geen ogenblik voorbij of we denken aan je. Het blijft ook maar regenen. Ik verwacht nog steeds dat je ons ten laatste morgen laat weten waar je bent.

zondag 23 december 2012 13.19: Bob Dylan
Where have you been, my blue-eyed son?
Where have you been, my darling young one?

***maandag 24 december 2012 15.52:* KERSTLICHTJES**
Herinner je je het snoer kerstlichtjes dat we samen op het Vossenplein hebben gekocht? Zestien antieke lichtjes in serie geschakeld. Eén haperend lichtje en het hele snoer werkt niet meer. Sinds jouw verdwijning zijn we allemaal uitgedoofd.

We wachten op je. Ook vanavond. En zolang je denkt nodig te hebben om de weg terug te vinden. Als je terugkomt, zullen we dan samen die lampjes herstellen?

***woensdag 26 december 2012 21.22:* Reizen met Wolf**
Op alle reizen die we samen hebben gemaakt had je dat leren reiskoffertje bij, waarin je jouw dierbare spulletjes bewaarde, zoals je ridders en paardjes.

Toen je als student naar Gent trok, nam je het koffertje mee. Het staat nu op mijn bureau. Er zitten geen ridders meer in, maar een aansteker, een pakje vloeitjes, oude muntstukken, fietslichtjes en het stoffen polsbandje van je eerste festival.

We bewaren een vreemde herinnering aan dat festival. Tijdens een hevige zomerstorm kwamen meerdere jonge festivalgangers om het leven. Jij zag de ramp zowat voor je neus gebeuren. Om ons gerust te stellen stuurde je een berichtje: Ik leef nog!!!

Dit korte bericht zit nog in het geheugen van mama's Nokiaatje. We lezen het de laatste dagen vaak opnieuw. Ik leef nog!!!

***donderdag 27 december 2012 10.12:* On the Road**
Uit je laatste zoekopdrachten leiden we af dat je op reis vertrokken bent met de intentie om onderweg een reisverslag te

schrijven. In je prullenmand vond ik de kassabon van de boekwinkel op het plein, waar je naast een exemplaar van On the Road *ook een notitieboek van Moleskine hebt gekocht.*

We hopen echt dat je je bestemming bereikt en daar het spoor naar jezelf en naar thuis terug kunt vinden. Een kaartje zou ons veel helpen. Alleen jij kunt ons dat sturen.

vrijdag 28 december 2012 18.47: money
Wolf, ik wou je gewoon laten weten dat we vandaag 500 euro op je rekening hebben gezet. Daar kun je gebruik van maken, mocht dat nodig zijn onderweg.

woensdag 13 maart 2013 20.19: je verjaardag
Vandaag is het negentien jaar geleden dat je geboren werd. Vandaag is het ook dertien weken geleden dat je van ons weggegaan bent. Soms zijn we bang dat je onderweg het spoor bijster bent geraakt, dat je er, roekeloos en radicaal als je was, voor hebt gekozen om voorgoed te verdwijnen?

Maar er is ook hoop. Dat je een notitieboekje hebt gekocht kan alleen maar betekenen dat je een verslag wilde bijhouden, zoals dat in ons gezin een traditie was op reis.

donderdag 14 maart 2013 23.45: terug
Elke avond maken wij, je moeder en ik, een wandeling door de stad. Bij de lange muur aan de Katelijnevest houden we even stil. Op de witgekalkte stadsmuur staan in grote zwarte letters twee regels, waar we elke keer een tijd stilzwijgend naar blijven kijken, hand in hand. Het zijn woorden die ons nooit meer zullen loslaten:

ALS JE WEGGAAT, KOM JE DAN WEER TERUG?
ALS IK TERUGKOM, BEN JE ER DAN?

Je kunt er zeker van zijn, Wolf. Als je terugkomt, dan zullen we er zijn.

*

Die brieven van mijn vader lezen, het is misschien wel het moeilijkste onderdeel van dit hele schrijfproces. Ik bedenk een eigen methode om er heelhuids uit te komen. Ik stel de kookwekker in, omdat ik het mezelf niet toesta om langer dan tien minuten af te dalen in die sombere onderwereld. Na tien minuten verbreekt een hels gerinkel mijn dwaaltocht in de diepte en zwem ik gehaast naar boven om naar adem te happen.

Tijdens het lezen zie ik mijn vader zitten aan zijn bomvolle bureau op de derde verdieping, met uitzicht op de oude torens van de stad. Daar heeft hij aan je geschreven, eerst nog vaderlijk streng: *Ik verwacht nog steeds dat je ons ten laatste morgen laat weten waar je bent,* maar na verloop van tijd steeds milder. *We wachten op je. Ook vanavond. En zolang je denkt nodig te hebben om de weg terug te vinden.*

De zin 'Als je terugkomt, zullen we dan samen die lampjes herstellen?' vertelt iets over de menselijke geest, die stug om de wanhoop heen denkt.

Al lezend zie ik jullie onvermijdelijk ook weer samen in de jaren voor je vertrek, toen de dagen een aaneenschakeling waren van wat men het gewone leven noemt. Er is één herinnering die alle andere verdringt: hoe mijn vader met jou in de wandelrugzak naar de speeltuin vertrok. Elke dag na het avondeten. Die speeltuin stelde niet veel voor, maar jij was er graag, omdat er twee wipkippen stonden die jij als driejarige 'de zazous' noemde.

Het is een eeuwigheid geleden dat ik nog aan de zazous heb gedacht. Toch voel ik ineens een niet te bedwingen behoefte om erheen te fietsen. Het zal wel een foutje zijn in mijn rouwproces, maar nog heel vaak geloof ik dat we je kwijt zijn omdat we de juiste code nog niet hebben gekraakt om je terug te halen. Vooral in mijn dromen verschijnen aanwijzingen: aan de takken in het bos waaien rode lintjes die de weg wijzen, in de damp op de spiegel verschijnt een boodschap, achter een plint in je kamer vinden we een briefje met daarop de coördinaten naar het verzonken land Moleskine. Is dit waarom ik zo gehaast naar de zazous fiets? Hoop ik daar een laatste verborgen hint te vinden, waaruit zal blijken dat je dood niet meer is dan een meesterlijk in elkaar gezette verdwijntruc? Geloof ik nog altijd dat je ineens weer springlevend uit die zwarte zak tevoorschijn zult springen? Als ik heel eerlijk ben, is het antwoord ja.

Druipnat van de motregen kom ik aan in de speeltuin aan de rand van de stad. Het is donker geworden en in de verte rijdt een goederentrein voorbij. Eén zazou staat vol tags. De andere schommelt heen en weer, alsof een spelend kind zich snel uit de voeten heeft gemaakt. Ik kijk om me heen. Geen levende ziel te bespeuren. Alleen de wind die door de kale takken van de bomen bij de spoorweg waait. Ik moet me inhouden om niet zachtjes je naam te roepen.

Mijn tenen en vingertoppen zijn intussen verkleumd; toch ben ik blij dat ik hier in de buitenlucht sta. Weg van de brieven die mijn vader aan je heeft geschreven in de donkerste dagen van zijn leven, toen zelfs de kerstlampjes dienst weigerden.

Diep weggestoken in mijn kap, blazend op mijn handen, besef ik wat het voor mij zo ondraaglijk maakt om die boodschappen te lezen. Het heeft niet zozeer met de inhoud te maken als wel met de datum die boven aan de allereerste mail staat: 19 december. Het is de dag waarop je volgens de autopsie bent gestorven. De woorden van mijn vader zijn voor niks geschreven. Het zijn wensen die voor altijd zullen echoën in de vergeetput.

Ik ga op de toegetakelde zazou zitten. Streel zijn kop. Bekijk in het lichtschijnsel van mijn gsm de tags die er met zwarte verf op gespoten zijn. Vroeger zou ik er aanwijzingen in hebben gezocht. Nu weet ik dat het afleidingsmanoeuvres zijn, dat elk spoor ons verder van jou weg leidt, dat de afstand onvermijdelijk groter wordt. Je hebt jezelf zo hard uitgewist dat de gum een gat in het blad heeft achtergelaten.

JEZELF WEGSCHRIJVEN

Op de luchthaven van Schiphol, na het betalen van *een beschamend duur vliegticket,* overvalt je een nog veel duurder inzicht: *Vanaf nu heb ik niet meer genoeg geld om terug te keren.*

Wachtend op je vlucht naar Zweden schrijf je: *Langzaam maar zeker komt mijn levensdraad los uit het kluwen van vertrouwde mensenlevens. Hoe meer ik schrijf, hoe meer de echte ik ophoudt te bestaan en hoe meer ik als een personage tevoorschijn kom op de blaadjes van dit schrift. Met elk woord groeit de papieren versie van mezelf. Terwijl de echte ik meer en meer in de schaduw verdwijnt.*

Jezelf wegschrijven – dat fenomeen is me bekend. In de weken na het voltooien van een roman moet ik mezelf elke keer weer gaan terugzoeken, fluitend in het donker. 'Kom terug naar het baasje!'

De drang om te schrijven hebben we van onze vader geërfd, die er op zijn achttiende van droomde om theaterauteur te worden. Dat was nadat hij een stuk had geschreven voor de schooltoneelgroep. Op zolder bij mijn ouders vind ik het manuscript terug: een stapel A4'tjes, met één enkel roestig nietje in de linkerbovenhoek bij elkaar gehouden. De typemachineletters zijn verkleurd – letters die zichzelf langzaam uitwissen. Het is een ingewikkeld verhaal, barstensvol archaïsche woorden, maar tussen de regels door lees ik de diepgewortelde noodzaak om iets te vertellen.

In de maanden na je dood werkt mijn vader aan een boek over je. Elke morgen trekt hij zich terug en schrijft je in de donkere uren voor het ontwaken van de stad weer tot leven. Het slorpt hem zodanig op dat mijn moeder zich er zorgen over maakt. Op een ochtend belt ze me op: 'Je vaders ogen staan hol en hij vergeet te eten!' Ik vind het aandoenlijk dat mijn moeder uitgerekend bij mij komt klagen, omdat ik zelf net een hele nacht heb verder geschreven aan mijn debuutroman.

Terwijl mijn vader zich aan jouw verhaal waagde, vluchtte ik in de fictie: een verhaal gebaseerd op een krantenknipsel dat ik als student uit de krant had geknipt. *Frankrijk is geschokt nadat twee tienermeisjes van de krijtrotsen van Cap Gris-Nez zijn gesprongen.*

Toen mijn debuutroman verscheen, dachten de mensen dat ik een oude droom in vervulling had laten gaan, maar dat was niet zo. Een boek schrijven, dat was jouw wens. Maar op je begrafenis, op die stikhete dag in juni, deed ik een belofte. Ik hoor het mezelf nog zeggen in de piepende microfoon vooraan in de grote kathedraal: 'Ik zal jouw wensen blijven wensen.'

Ik wil mijn moeder aan de telefoon uitleggen dat schrijven een manier is om te ontkomen aan jezelf. Dat alleen de meest vernietigende drugs hetzelfde bezwerende effect hebben om boven je eigen schaduw uit te mogen zweven. Maar omdat ik me na je dood heb voorgenomen mijn ouders niet meer te verontrusten, zeg ik: 'Geen zorgen, mama, het gaat wel over.'

Maar het ging niet over. Mijn vader bleef voor dag en dauw opstaan om over jou te schrijven. Op zo'n ochtend schreef hij:

Jezelf laten verdwijnen in het schrijven is de ultieme goocheltruc. Alleen de hoge hoed van de goochelaar die op het podium blijft staan.
Als kleine jongen was je ontzettend gehecht aan de hoge hoed die van je overgrootvader is geweest. De hoed die ik zelf heb gedragen in de zomer van '79. Bij je begrafenis hebben we die hoed op je kist gelegd.

ZWAARD-GEVECHT MET TANDENSTOKER

Because in the end, you won't remember the time you spent working in the office or mowing your lawn. Climb that goddamn mountain.

Jack Kerouac, *On the Road*

Vliegen is het mooist voor je het wolkendek binnendringt. Witte rimpelingen op het water van de waterbekkens, de steeds kleiner wordende huisjes, de groentekassen als vierkante kerstlichtjes op de grond. Als het FASTEN YOUR SEATBELT*-lichtje uitknipt, zweven we boven een arctische scène.*

Ik raak meteen aan de praat met mijn buurman. Geen diepgaand gesprek, maar ik ervaar wel een diepe verbinding met hem. Hij is opgegroeid in Nairobi en is nu onderweg naar zijn jongste zus, die volgende week zal trouwen in Stockholm. Omdat ze geen ouders meer hebben, zal hij haar naar het altaar brengen.

Broer en zus geven me een lift naar het hotel. Niet dat ik een keuze heb, ze duwen me gewoon de auto in. Wel grappig, want nog geen halve minuut later lijken ze compleet vergeten dat ik op de achterbank zit, zoveel hebben ze met elkaar te bespreken. Dat geeft me de tijd om een beetje naar buiten te staren. Dat word ik nooit beu. Achter het raam schuift een heel andere wereld voorbij. Alles wit. Zelfs op de M van de McDonald's ligt een laagje sneeuw.

Brommer op zee. *Ik heb nu al zo veel keer op de titel van dat verhaal gekauwd, maar de naam van de schrijver wil me maar niet te binnen schieten. Arie Berg, zo heet hij niet, dat weet ik intussen wel. Maar hoe wel?*

Op de parking van het hotel omhelst de zus me lang en innig. Als het de beurt is aan de broer om afscheid te nemen, bespeur ik een kleine aarzeling in zijn ogen. Wat doet die jongen hier, zie ik hem denken. Maar hij besluit zich niet in de nesten te werken en trekt plagerig mijn kap over mijn ogen.

De zus duwt de broer voor zich uit naar de auto. Hij speelt dat hij brutaal ontvoerd wordt. 'Save me from the monster, Arie!' *(Tja, ik moest mezelf een naam geven.)*

Als ze weer in de auto zijn gestapt, zwaai ik ze koninklijk uit, alsof het hotel met de vele ramen mijn paleis is, de spekgladde parking mijn privé-ijsbaan.

Zodra ze uit het zicht verdwenen zijn, begin ik ze al te missen. Het helpt dat ik de klemmende armen van de zus nog om me heen kan voelen. Wat kon die vrouw goed omhelzen. Ze rook naar van die kleine hotelzeepjes in glad papier.

Nacht vier in een hotel. Als ik me niet vergis tenminste. Getallen zijn hun waarde kwijtgeraakt. Vanmorgen was ik ineens niet meer zeker van mijn leeftijd. Intussen weet ik het wel weer, maar die kerel van Brommer op zee...

'I'm going for a walk,' *zeg ik tegen de jonge man aan de balie, nadat ik haastig mijn spullen op het bed heb gegooid. Hij heeft een enthousiast puistenhoofd en hij klaart hele-*

maal op nu hij wat aanspraak krijgt. 'You should go to the mall,' *zegt hij, en omdat ik toch niks anders te doen heb, volg ik zijn advies. Door de plakkerige sneeuw trek ik naar de Kista Galleria. Mijn sportschoenen zijn meteen doorweekt en dus besluit ik om in het winkelcentrum nieuwe te zoeken.*

In een winkel waar tenten staan opgesteld valt mijn oog op een paar exquise wandelschoenen. Daar kun je zo de wereld mee rondstappen. Nog een geluk dat ik dat niet ambieer! Overal in de winkel ligt muisgrijs tapijt, waardoor ik geruisloos naar buiten kan wandelen. Op m'n gemak. Mijn zompige sportschoenen laat ik achter als betaalmiddel.

Daarna ook nog kundig een kompas in mijn jaszak laten glijden in een jachtwinkel. Niemand heeft het gezien, alleen de slecht opgezette elandkop boven de toonbank. Het was een noodzakelijk kwaad. Ik mag straks niet verdwalen onderweg naar het noorden, want er hangt geen zon aan de hemel waar ik me op kan oriënteren.

Ik besluit in de supermarkt ook een kaart van Zweden te kopen. Heb ik ervoor betaald? Dat kan ik me vreemd genoeg niet herinneren.

Op de wandeling terug naar het hotel kom ik een jongen tegen. Hij staat helemaal alleen in een steeg, met zijn rug tegen de muur. Hij is aan het spelen met iets in zijn handen. Kliek, klak, kliek, klak. *Een huiveringwekkend geluid, dat me slap en weerloos maakt, maar ik loop toch door. Het is als met honden, denk ik, ze kunnen angst ruiken. Zolang ik zelfverzekerd doorloop, ben ik veilig. Als de jongen en ik samen in dezelfde lichtstraal zijn beland, zie ik wat hij in zijn handen houdt: een vlindermes.*

Het valt niet te verklaren, maar ik ben doodsbang dat mijn leven hier in deze steeg zal eindigen, enkele uren voor mijn zelfgeplande dood.

Ik steek mijn hand op om hem te laten weten dat ik hem ook iets wil laten zien. Onhandig haal ik het knullige zakmesje tevoorschijn dat ik in mijn sok met me meedraag. Intussen probeer ik het oogcontact met hem niet te verliezen, en met effect, want de dreiging trekt weg uit zijn waterige ogen en maakt plaats voor nieuwsgierigheid. Kalm peuter ik het tandenstokertje, mijn lievelingstool, uit het rode zakmes en doe alsof ik met hem wil zwaardvechten. Hij knikt me kalm toe, glimlachend, en gebaart dat ik door kan lopen.

Achter me blijf ik het horen, dat gruwelijke geluid: kliek, klak, kliek, klak. *Aan het einde van de straat roept hij me nog iets na. Ik versta niet wat, maar ik zou zweren dat het 'Byebye kiddo' was.*

Arin, de jongen aan de balie, complimenteert me met mijn nieuwe wandelschoenen. Ik doe een dansje voor hem en probeer in een mix van Frans en Engels uit te leggen dat ik er niet voor betaald heb. Maar hij begrijpt me verkeerd of wil me verkeerd begrijpen, dat kan ook. Hij denkt dat ik zeg dat ik ze op de groei heb gekocht. 'More space for cosy socks!' *zegt hij.*

Ik bestel een pilsje en installeer me aan een tafeltje in het midden van de lobby. Nog geen drie slokken later komt Arin me vergezellen. Ik vertel over de jongen met het vlindermes. 'Don't fight, go get girls,' *is zijn antwoord. Topkerel!*

We komen gewoon belachelijk goed overeen, zo blijkt naarmate de nacht vordert en we maar niet uitgepraat ra-

ken. Ik hoop dat je het niet erg vindt, Arin, dat je Facebook-vriendschapsverzoek voor altijd onbeantwoord zal blijven.

DAG WOLF

Ik heb lang getwijfeld of ik dit durfde te schrijven, maar we hebben afscheid van elkaar genomen. Juister geformuleerd: jij hebt afscheid van mij genomen. En ik heb gezegd: doe niet zo raar!

Dat afscheid is iets waar ik me nog altijd voor schaam. Omdat ik er niet goed op heb gereageerd. En ook: omdat je niet van iedereen afscheid hebt genomen, waardoor het aanvoelt als iets wat me onrechtmatig is toegekomen.

Het is één week voor je vertrek. Ik zit in het regiehok, achter in de grote theaterzaal, die goedgevuld is voor de matineevoorstelling. Veel oudere mensen, die onrustig kuchend laten weten dat we allang van start hadden moeten gaan. Maar ik houd de man van het licht tegen. Het zaallicht mag nog niet doven, want jij moet nog komen.

Op het podium staan mijn jonge acteurs klaar, twaalf kinderen, verspreid over een berg die met witte plasticfolie is overspannen en waar versleten auto- en tractorbanden op zijn neergelegd. Een beeld dat ik heb gestolen van het platteland waar ik toen woonde: een berg voor kuilgras.

Het stuk gaat over een gezin van twaalf kinderen. Aan hun lot overgelaten proberen ze samen de tijd te doden. We bevinden ons in het jaar 1976. Meer specifiek: het einde van de zomer. Nog specifieker: aan het einde van hun kindertijd.

Net als ik de man van het licht wil laten weten dat we nu wel lang genoeg gewacht hebben, kom je op je dooie gemak de zaal binnengewandeld. Je loopt langs het podium en in het midden blijf je staan en je kijkt omhoog. Van nervositeit spring ik op en neer op mijn stoeltje. Zoek nu toch een plaatsje! denk ik. Dan zie je me zitten in het schaars verlichte regiehok en zwaai je. Iedereen in de zaal wil weten naar wie, en dus kijkt de hele zaal gelijktijdig achterom.

Je beklimt de tribune, springend van trede naar trede. Eindelijk, denk ik, hij zoekt een zitplek, we kunnen zo meteen beginnen. Maar dan zoek je weer oogcontact met me. Het zal nu toch niet dat hij eerst nog gedag wil komen zeggen, denk ik. Haastig kruip ik uit het regiehok om je tegemoet te komen, zodat we zo weinig mogelijk tijd verliezen.

Ter hoogte van de achterste rij treffen we elkaar. Je omhelst me. Dat doen we anders nooit. Een omhelzing die blijft duren. Een omhelzing met veel kracht. Ik duw je van me af. Lachend. 'Doe niet zo raar.' Ik denk dat het een spelletje is. Dat je me gevangen wilt zetten, zodat de voorstelling niet kan beginnen. Nu besef ik dat je geen idee had dat we door jou vertraging hadden opgelopen, want je wist nooit hoe laat het was.

Het zaallicht dooft. De voorstelling begint. In het donker blijf ik je armen om me heen voelen.

In het stuk zijn er op een ochtend nog maar elf kinderen. De oudste broer is verdwenen. Ze geloven dat hij op reis is gegaan en wel een kaartje zal sturen. Maar dat kaartje laat op zich wachten. Niemand heeft de moed om te geloven in het woordje 'weg'.

Op dat moment is jouw eigen verdwijnplan helemaal klaar. Het stuk valt dan ook ijskoud in je nek. Na afloop laat je je niet meer zien. Je zou mee terugrijden met een vriend, maar die kan je nergens vinden. Mijn jongste zus zoekt met hem mee. Ze roepen je naam terwijl ze langs de toilethokjes lopen. Iemand antwoordt: 'Wolf is weg, maar Roodkapje is hier wel nog.'

Later horen we dat je naar huis bent gelift. Voor mij begint je reis naar het noorden in die auto. Daar begon je te verdwijnen.

Je hebt afscheid van me genomen. En in het jarenlange donker dat volgde kan ik je knellende armen soms nog om me heen voelen. Nog altijd ben ik er niet achter wat je me ermee wilde zeggen. 'Jij, zus, jij blijft hier! Dit is jouw plek!' Of bedoelde je: 'Hou me vast, alsjeblieft, hou me hier'?

In mijn dromen heb ik de man van het licht vaak tegengehouden. Liet ik het zaallicht branden. Liet ik het stuk niet beginnen. Liet ik de zomer niet eindigen. Liet ik de broer niet verdwijnen. De broer op het toneel. Springend over de autobanden. De broer in het echt. Springend van trede naar trede. Hopeloos te laat. Maar recht in mijn armen.

BROMMER OP ZEE

We rijden Stockholm uit, de trein maakt nog niet echt vaart. Om me heen zitten goed ingepakte mensen die stug voor zich uit staren. Niemand die eraan denkt om zijn muts of dikke winterjas uit te trekken. Hun ogen zijn nergens op gericht. Wat moeten die zombies daar in het noorden? vraag ik me af. Ik begin te geloven dat ik in de goede trein zit, de rechtstreekse naar de dood.

Ik heb de laatste etappe van mijn plan gehaald, en toch heb ik het gevoel dat ik heb gefaald. Hoe is het toch mogelijk dat ik luttele euro's tekortkwam om een treinkaartje naar het noordelijkste station te kunnen betalen? Ik zal er een halte eerder uit moeten. Misschien kan ik de laatste kilometers te voet afleggen. In mijn binnenzak zitten de kaart en het kompas. Ik heb nog tijd genoeg om erover na te denken, want ik zal zeventien uur in dit rijdende hotel doorbrengen.

Moet ik niet even met mijn hand voor de gezichten van mijn medereizigers zwaaien? Leven ze nog of zijn ze er al mee gestopt?

Pas nu de ellendige flatgebouwen van de buitenwijken uit

het zicht zijn verdwenen, lukt het me om terug te denken aan mijn tijd in Stockholm.

Natuurlijk denk ik als eerste aan het mooie meisje dat midden op de kerstmarkt tegenover de schaatspiste lag, bijna onzichtbaar trillend. Eenentwintig jaar, gevlucht uit het Midden-Oosten. Verfijnde gelaatstrekken. Gespikkelde bruine ogen. Daar had ik nog wel een paar jaar in kunnen kijken, in die ogen. 'I can't give you any money,' *zei ik,* 'but if you want some clothes?' *Ze keek me niet-begrijpend aan en dus trok ik mijn trui uit en stak die haar in een bolletje gerold toe.* 'Merry Christmas!' *zwol op uit het diepste van haar wezen en ze sloeg haar armen om me heen.*

Eerder die dag ontmoette ik Pasha, donssnorretje, hooguit twintig. 'It's the crisis, man,' *was zijn uitleg bij alles. Hij kwam naast me zitten op een bank in een drukke winkelstraat. Onwillekeurig neuriede hij mee met de kerstmuziek die uit de speakers kwam. Hij was helemaal in de ban van de overstroming in Venetië. Hij kon daar maar over blijven doorbomen. Het ontroerde me, omdat hij duidelijk nooit in Venetië was geweest. Hij werkte als nachtwaker in een hotel en had daar hilarische verhalen over. Ik wist niet of ze allemaal waar waren, maar dat maakte me niet uit. Hij vertelde over een vrouw die hem als fooi een beha had gegeven.* 'Cup D.' *Pasha zat daar elke dag op dat smerige bankje.* 'To get some air.'

Mijn nieuwe schoenen zijn al goed ingelopen. Vele kilometers afgelegd, maar nog niet zo veel mensen ontmoet. Ik mis oogcontact, iemand die me recht aankijkt. Hier – dat meer en meer 'daar' aan het worden is – kijken mensen elkaar niet aan. Misschien komt het door het donker en de kou. Hier in het noorden heerst een ander soort duisternis. Dieper en eenzamer dan thuis. Alsof het licht wordt tegengehouden door een onzichtbare damp die je longen prikkelt als je inademt.

Zes uur en eenentwintig minuten na vertrek is alles in de nachttrein nog precies hetzelfde. Nog steeds zijn er geen jassen uitgetrokken, nog steeds is er niet één keer met ogen geknipperd. Alleen het kind dat in het gangpad gezeten Space Cadet speelde en zijn speeksel wegzoog met het ergerlijke geluid van een tandartstoestel, is verdwenen. Spookkind. Ik heb hem niet zien weggaan.

Er hangt een geruststellende stilte in de coupé, het geruis van tonnen aan voortrazend staal niet meegerekend.

In mijn pakje zitten nog vier hele en één half opgerookte sigaret. Morgen ga ik met mijn laatste munten proberen om nog wat tabak en vloeitjes te fixen. Ik weet nu al dat het meer zal kosten, maar misschien kan ik mijn schaakbordje inruilen voor wat rookwaar. Oké, ruilen is misschien niet het juiste woord. Voor altijd in pacht geven.

Mijn hand wordt moe, maar ik moet doorgaan. Dit is mijn laatste kans om in de warmte te schrijven. Al was het maar om de naam nog te kunnen opschrijven van de gek die Brommer op zee *heeft geschreven. Hoe kan ik die naam nu kwijt zijn, terwijl dat verhaal me nog zo helder voor de geest staat? Hoe die jongen op het achterdek van een schip staat en uitkijkt over de nachtelijke zee. In de verte ziet hij een eigenaardig lichtje dichterbij komen. Een schip kan het niet zijn, daarvoor nadert het te snel. Pas als het vaartuig op enkele tientallen meters genaderd is, merkt de jongen tot zijn verbazing dat het een brommer is. De bestuurder klimt zelfverze-*

kerd aan boord en eet zich vol met het eten dat de jongen hem aanbiedt. De man legt uit dat hij op zijn brommer rond de aarde wil rijden, zonder één keer aan land te komen. Maar omdat hij af en toe moet eten, rijdt hij in het holst van de nacht, als iedereen ligt te slapen, naar schepen toe.

Bij het afscheid nemen ziet de jongen zijn kans schoon en vraagt of hij mee mag, maar de man met de brommer wijst zijn voorstel af. Het wordt al een beetje licht als hij er weer vandoor gaat, met zijn brommer over de golven.

's Ochtends vertelt de jongen aan de bemanningsleden wat hij 's nachts heeft meegemaakt. Ze lachen zich kapot, maar daar trekt de jongen zich niets van aan. Hoopvol gaat hij die nacht opnieuw op het achterdek staan. Maar de man op de brommer laat zich niet meer zien. Onder hem ziet de jongen het bruisende schroefwater en boven hem hangt een troep meeuwen, die achter het schip aan vliegt. Ineens wenst hij maar één ding: om net als die beesten te kunnen vliegen. Zonder dat hij er zelf erg in heeft, begint hij wild met zijn armen te flapperen. De bootsman die net boven op het dek komt, ziet hem daar zo staan en hij glimlacht, want die arme jongen komt geen centimeter van de grond.

Weergaloos einde, meneer Vraagteken, weergaloos einde!

NACHTTREIN

Alvorens de nachttrein voor altijd zal stoppen in het op een na noordelijkste station van Zweden, blijf ik graag nog even aan boord, voor een klein ommetje langs een jeugdherinnering.

Mijn oudste zus en ik staan in de luchthaven van Charleroi en horen dat onze vlucht afgeroepen wordt, gevolgd door het onheilspellende woordje 'gecanceld'. We zijn onderweg naar een meerdaagse bruiloft in Toscane, waar we au pair zullen zijn voor een vijftal jonge kinderen.

Het vreemde is dat ik het me niet herinner alsof ik er zelf bij was, maar alsof het een scène is uit een oude Italiaanse film. De costumière heeft goed werk geleverd. Mijn zus draagt een nauwsluitende zwarte jurk en hoge hakken. Zelf heb ik een korte witte jurk aan, die ik, zoals alles in mijn kleerkast, combineer met afgetrapte laarzen. Mijn zus en ik lijken maar nauwelijks op elkaar. We moeten onze identiteitskaarten laten zien voor mensen geloven dat we zussen zijn. Mijn zus heeft hoog opgestoken blonde krullen, waar ze zijden vlinders in heeft vastgespeld; ik heb zwart stijl haar met een kaarsrechte pony. Mijn zus is één meter tachtig, ik kom amper tot aan haar schouders. Mijn zus heeft geelbruine ogen, ikzelf grote opgemaakte grijsblauwe.

Op elkaar gepakt staan we in een stinkende telefooncel naar de stem van onze vader te luisteren, die zegt dat we ons moeten haasten naar het station van Luik, waar we nog net de nachttrein naar Firenze kunnen halen. Mijn zus grabbelt in haar tas om te checken of ze wel genoeg cash op zak heeft om twee kaartjes te kopen en gebaart dat ik hetzelfde moet doen, maar ik ben stilgevallen. Nachttrein – het woord heeft een verlammend effect op me. Het is een sleutelwoord, het opent een deurtje naar een verdwenen wereld, waar kruiers in de weer zijn met hoog op elkaar gestapelde koffers.

Die nacht liggen mijn zus en ik tegenover elkaar in een wagon-lit. Buiten is het donker, waardoor ons rijdende kamertje zich heeft verdubbeld in het zwarte treinraam. De zijden vlinders lijken te slapen op het kleine tafeltje, waar ook pentekeningen liggen die mijn zus van me heeft gemaakt. Ze heeft me weer mooier gemaakt dan ik ben, een droevige diva. Mijn zus doet alsof ze slaapt, maar na een eeuwigheid samen te hebben doorgebracht in de kamer met het nachtblauwe plafond hoor ik wanneer ze echt slaapt en wanneer niet. Ik doe alsof ik *The Passion* van Jeanette Winterson lig te lezen, het boek dat ik opgestuurd heb gekregen van een regisseur die ik vol bewondering een brief heb geschreven en die me als antwoord dit boek heeft teruggestuurd. Sindsdien draag ik het bij me als een talisman. Als opdracht heeft de schenkster een quote uit het boek op het schutblad geschreven: *I'm telling you stories, trust me.*

De volgende morgen rijdt de nachttrein het koepelstation van Firenze Santa Maria Novella binnen. Het zonlicht is zo overweldigend dat het knettert, beter kan ik het niet zeggen.

Nog voor we helemaal tot stilstand zijn gekomen, word ik bezocht door een gedachte. Ik heb het gevoel dat de nachttrein ons niet vervoerd heeft van punt A naar punt B op de kaart, maar dat we een reis door de nacht hebben ondernomen, een uniek parcours dat ons van het donker naar het licht heeft gebracht. Ik wil die gedachte graag met mijn zus delen, maar omdat ze vier jaar ouder is en filosofie studeert, denk ik dat ze het zal wegwuiven als onzin en dus hobbel ik zwijgend achter haar aan de stationshal in, op zoek naar de man die ons komt ophalen om ons naar de bruiloft te brengen. Als ik zijn bruinverbrande gezicht tussen de vele andere gezichten herken, kijk ik snel naar de neuzen van mijn laarzen, want ik wil niet dat dit moment ophoudt, nu nog niet. Maar mijn zus, met haar volle één meter tachtig, verraadt ons. De man zwaait en zij zwaait terug. Omdat ik de magie van het moment nog een paar seconden wil rekken, kijk ik snel achterom naar de stilstaande nachttrein aan het perron, en ik weet zeker dat als ik nu weer zou instappen, die me opnieuw naar de nacht zou brengen, de nacht die zo donker was dat het geen verschil maakte of je in een tunnel onder een Zwitsers gebergte zat of niet.

Twee maanden na terugkomst uit Firenze besluit ik

om, gestuurd door de talisman *I'm telling you stories, trust me,* mijn theaterstudie stop te zetten en literatuur te gaan studeren. Ik schrijf me in op de universiteit en krijg een indrukwekkende stapel leerboeken en een lange leeslijst mee. In de trein naar huis vouw ik de lijst open, en de eerste titel die me aankijkt, is *Voyage au bout de la nuit.* Ik leg mijn handen als een huisje over de woorden, alsof ik ze wil beschermen tegen het felle zonlicht. Ik moet me bedwingen om niet luid uit te roepen: zie je wel, zie je wel, zie je wel!

HET GEZICHT VAN DE GOD WAAR IK NIET MEER IN GELOOF

Als kind, toen ik onder invloed van mijn katholieke school diepgelovig was en elke avond met mijn handjes gevouwen boodschappen doorseinde naar de hemel, dacht ik te weten hoe God eruitzag. Hij was Vrouw Holle, zoals ze getekend stond op het rode sprookjesboek van Grimm, het huwelijkscadeau dat mijn ouders van hun vrienden hadden gekregen, omdat ze meer in sprookjes dan in snelkookpannen geloofden.

Onderweg heb ik mijn geloof van me af gegooid, of beter: het gleed van me af en ik bleek zonder God helemaal niks tekort te komen. Hetzelfde overkwam me met geliefden van wie ik zielsveel dacht te houden, maar die ik niet bleek te missen toen ze 's ochtends niet meer naast me in bed lagen. Stoppen met geloven betekent echter niet dat het concept uit je hoofd verdwijnt. Telkens als ik het woord 'God' ergens geschreven zag staan, verscheen Vrouw Holle weer voor mijn geestesoog, met haar deken in het wolkendek en de neerdwarrelende sneeuwvlokken. Na jouw dood is dit veranderd; nu licht er bij het woord 'God' een heel ander beeld op: een

Google-afbeelding van Jacob Martinus Arend Biesheuvel, de schrijver van *Brommer op zee*. Op de afbeelding draagt hij een hoornen bril. Hij heeft net een literaire prijs gewonnen, die hij trots de lucht in steekt.

Een tijdje terug raakte ik in de kantine van het conservatorium aan de praat met een mededocent, een man die ik verder niet kende, maar door onze gelijkaardige beroepsbezigheden voelde ik me blijkbaar genoodzaakt tot een diepere connectie. Het is een vervelende afwijking van me om mezelf in no time helemaal bloot te geven. 'De God waar ik niet meer in geloof is van gezicht gewisseld,' hoorde ik mezelf zeggen. De vriendelijke meneer was op dat moment al gestopt met in zijn rijkelijk belegde tonijnsandwich te happen. Ik besefte dat ik rechtsomkeert moest maken, terug naar de veilige haven van een zuinig praatje over de aanslepende werkzaamheden in het gebouw, maar je ontsnapt nog eerder aan een stroomversnelling dan uit een verhaal, dus bleef ik maar woorden produceren. Om te verklaren waarom mijn God een metamorfose had ondergaan, moest ik jouw verhaal vertellen. Intussen heb ik jaren de tijd gekregen om te wennen aan je dood, waardoor ik geloof dat het me wel zal lukken om je naam uit te spreken zonder weg te glijden in dat verraderlijk glibberige tranendal. Maar al meteen slaat mijn stem over. Ik ben verloren, weet niet meer hoe ik ooit nog uit dit rotverhaal weg kan komen. Zonder remmen rol ik van de berg en die afgemeten man met zijn stinksandwich doet niks om me tegen te houden. Gelukkig grijpen mijn hersenen in, en wel heel doeltreffend. Ze verduisteren de naam Jacob

Martinus Arend Biesheuvel. Die naam wordt gewoon geschrapt uit mijn kennisveld, waardoor er nu een blinde vlek met een bril voor me staat. 'Je weet wel, die ene schrijver. Met die bril.' De paniek wordt groter, waardoor er nog meer zwarte vlekken ontstaan. 'Van dat boek over die jongen die niet vliegt.' En hoe meer ik me in de nesten werk, hoe verdrietiger ik word; werkelijk intriest word ik omdat ik de naam kwijt ben geraakt waar jij die hele tocht lang tevergeefs naar hebt gezocht. Ik herken de weemoed die me als kind overviel toen ik op de kermis het touwtje aan mijn ballon had losgelaten. Ik denk dat ik mezelf al die tijd als de bewaarder van de naam Jacob Martinus Arend Biesheuvel heb gezien, zodat ik die ooit aan je terug zou kunnen geven. Maar nu zie ik de rode ballon aan de hemel steeds kleiner worden.

Over het toilet gebogen kokhals ik. Het verdriet komt al jaren niet meer in tranen, maar in grote brokken die niet door te slikken zijn. Om bij te komen ga ik met mijn telefoon op de wc-klep zitten en googel 'Brommer op zee'. Jacob Martinus Arend Biesheuvel – het is een hele verademing om zijn naam daar weer te zien staan. Als ik op 'Afbeeldingen' klik verschijnt ook het verlossende beeld: de man met de serieuze bril.

Zoals ik een nieuw gezicht heb gezocht voor de God waar ik niet meer in geloof, zo is mijn vader in de gesmolten sneeuw op zoek gegaan naar je voetstappen, naar sporen die ons iets kunnen vertellen over het verdere verloop van je tocht. In zijn Wolf-boek schrijft hij:

Het is dinsdagmorgen 18 december 10.54 uur als de nachttrein aankomt in het op een na noordelijkste station van Zweden. Honderd kilometer boven de poolcirkel. Op het perron staat een bord dat aangeeft dat je 1313 kilometer hebt afgelegd. Een reis van net geen zeventien uur.
Achter het houten stationsgebouw liggen twee perrons en vier sporen. In de verte zie je het opdoemende profiel van Dundret, een donker en verweerd gebergte.
Na een lange ochtendlijke schemering komt om 10.57 uur de zon op, precies op het moment dat je trein aankomt. Het daglicht zal maar een goed uur standhouden. Om 12.11 uur gaat de zon alweer onder, om het landschap opnieuw achter te laten in de duisternis van de poolnacht, die soms geheel onwillekeurig door het noorderlicht verbroken wordt: een groene, heldere sluier tegen de donkere lucht.
De winter is tastbaar. Op dinsdagmiddag begint de temperatuur te dalen. In de nacht van vrijdag op zaterdag wordt 32 graden onder het vriespunt gemeten.
In je retrorugzak zit een miniatuurschaakspel dat je hebt gekocht toen je met je oudste zus in Londen was. De velden bestaan uit inleghout. Het liefst speel je tegen jezelf, waarbij je nooit het bord draait, maar elke keer van positie wisselt. Heb je in de nachttrein jezelf nog eens uitgedaagd, toen winnen of verliezen geen verschil meer maakte, omdat het grote einde al vastlag?
Maanden later wordt het schaakbordje teruggevonden bij je lichaam. Het is vrij ongeschonden, alleen zijn door inwerking van vocht een paar vakjes van het speelveld losgeraakt. En ook een zwarte pion ontbreekt.

We veronderstellen dat je zonder omwegen vanaf het station naar het afgelegen bos bent gelopen. Na een heel eind stappen bereik je de voetgangerstunnel die onder de rijweg door loopt en de bewoonde wereld met het immense bos verbindt.

Op de plek waar je maanden later gevonden wordt, herkennen de speurders sporen die ons nog iets kunnen vertellen over wat er zich daar tijdens je laatste uren heeft afgespeeld.

Je hebt takken verzameld en er met je zakmes de bast vanaf gehaald. Zo heb je vier min of meer gelijke stokken gemaakt, die je in de vorm van de letter W op de bosgrond hebt neergelegd – je initiaal.

Met wat sprokkelhout heb je een vuurtje aangelegd om in de gloed daarvan je laatste sigaretten op te roken. Naast je lichaam vinden de speurders ook je zaklamp terug. Heb je angstig het bos om je heen belicht of heb je geprobeerd om nog wat te lezen in On the Road*? Hoe dan ook, op een bepaald moment heb je je rugzak zorgvuldig afgesloten en je bent met je rugzak als hoofdkussen op je rug gaan liggen. Heb je naar de donkere lucht liggen kijken? Heb je sterren kunnen ontwaren? Cassiopeia misschien, het sterrenbeeld dat een grote letter W vormt aan de hemelkoepel? Hoorde je wilde dieren schuifelen in het donker? Heb je het noorderlicht gezien? Of zag je alleen de sneeuw die met bakken tegelijk uit de lucht bleef vallen?*

De speurders vermoeden dat je de zonsopgang niet meer hebt beleefd. Het bos, de ijzige kou en de toenemende sneeuw hebben zich dan al over je levenloze lichaam ont-

fermd. In het autopsieverslag staat: Vermoedelijk werd de dood veroorzaakt door bevriezing.

Bij het vallen van zo veel sneeuw kan ik niet anders dan terugdenken aan mijn afgezworen god, Vrouw Holle, die het kon laten sneeuwen door haar deken uit te kloppen. Het sprookjesboek van mijn ouders is via mijn kinderen in onze boekenstapels terechtgekomen. Dankzij de dieprode kleur van de linnen kaft hoef ik er niet lang naar te zoeken. Op de kaft staat ze, een mild glimlachende vrouw die samen met haar grote donsdeken de hemelkoepel overspant. Om haar heen dwarrelen veren. Beneden in het golvende landschap staat de waterput die de gewone wereld met de magische onderwereld verbindt.

Op de koude keukenvloer gezeten lees ik het sprookje opnieuw, en het verhaal heeft dezelfde uitwerking op me als toen het me als meisje van vijf werd voorgelezen. Weer ervaar ik dieptevrees als het meisje haar spinspoel achternaspringt in de waterput. Als ze tot haar verbazing in een onderaardse bloemenweide terechtkomt, begin ik te begrijpen waarom religies zweren bij hemels, hoven van Eden, voorportalen en onderwerelden aan deze of gene zijde. De troost die uitgaat van een parallelwereld is zoveel groter dan wat mijn dure psycholoog me kan bieden. Toch weet ik dat de toegang tot dit soort troost voor mij gebarricadeerd is, omdat mijn rationele kop de magie van het geloof heeft ontluisterd. Toch wil ik zo lang mogelijk in de wereld van Vrouw Holle blijven. Bij gebrek aan een waterput zoek ik mijn toevlucht tot Google. Ik tik de zoekterm 'Vrouw Holle' in en laat de vele afbeeldingen vol dwarrelende sneeuw op me inwerken. Na wat scrollen en doorklikken lees ik dat Holda of Hulda een goddelijk wezen is uit het volksgeloof, godin van de vruchtbaarheid, maar ook van de dood.

Ook mijn vader zoekt aan zijn schrijftafel naar tunnels die hem met de overkant in verbinding kunnen brengen. Ook hij steekt zijn hand uit in het donker, tastend naar leesbare sporen. *Maar los van je dagboek en wat takken in de vorm van je beginletter heb je niets achtergelaten.*

Maar mijn vader vergeet iets. Uit je jaszak vissen de speurders het beduimelde exemplaar van *On the Road*. De kaft is gebobbeld, de gegolfde pagina's kleven aan elkaar. Iets over de helft zit een pakje Rizla-vloeipapier. Heb jij het daar bewust tussen gestopt om aan te duiden dat je tot daar bent gekomen met lezen? Staan hier de laatste woorden die je in het schijnsel van je zaklamp hebt gelezen? Of moeten we daar op zoek naar een geheime boodschap? Je hebt niks onderstreept. Toch reizen mijn ogen steeds opnieuw naar dezelfde zin:

> *For the first time in my life the weather was not something that touched me, that caressed me, froze or sweated me, but became me.*

DE WILDE DIEREN

Vijf maanden nadat je ging liggen in de sneeuw werd je gevonden door de vrouw die haar hondje achterna was gerend. Weer negen dagen later werd je op een roestvrijstalen tafel gelegd op de afdeling Forensische Geneeskunde van de Umeå-universiteit. Het autopsieverslag maakt melding van de verregaande staat van ontbinding.

Verpakt in een zwarte zak werd je lichaam naar België overgebracht. We mochten de rits van de zwarte zak niet openen, omdat het beeld van de inhoud ons dan een leven lang zou achtervolgen. Je had vijf maanden in een bos gelegen. Alleen een naïef schaap geloofde dat iemand dan nog intact was. Het was aartsmoeilijk om mijn gedachten af te leiden van je toegetakelde lichaam. Daarom durfde ik ook niet te slapen, doodsbang dat ik in mijn dromen toch in die zak zou kijken.

Mijn fantasie is altijd mijn grootste talent geweest. Mijn gezinsgenoten blonken uit in verzamelleer, punniken en hoogspringen, maar ik kon alleen goed verzinnen. En of ik het nu wilde of niet, ik geloofde trouw in alles wat ik me voorstelde. Daarom klonken mijn leugens ook zo overtuigend. Mijn verbeelding had ik altijd als een gave gezien, maar nu er een zwarte zak met een verminkte broer erin bij de voordeur van mijn leven was gedropt, was mijn verbeeldingskracht een vloek geworden.

Talloze paniekaanvallen later zei ik vastberaden tegen mijn man: ‘Ik ga de politiefoto’s van zijn lichaam opvragen. Ze kunnen onmogelijk zo gruwelijk zijn als wat ik er in mijn hoofd van heb gemaakt.’ Maar ik ging niet naar het politiebureau. Wel deed mijn brein iets wonderlijks. Nu ik over die foto’s had nagedacht, werd ik niet meer verrast door beelden van je dode lichaam, maar door de foto’s ervan. Mijn geest had een kleine afstand gecreëerd. Ik stond versteld van mijn overlevingscapaciteiten.

Hoe slecht je lichaam er echt aan toe was toen die vrouw met het hondje je aantrof, dat wist niemand van ons, omdat niemand de moed kon opbrengen om het na te vragen. We hadden wel theorieën. Mijn oudste broer geloofde dat je door de vriestemperaturen best goed bewaard was gebleven, waardoor ik aan Sneeuwwitje moest denken, die na haar dood in een glazen kist was gelegd.

‘En toen de lente aanbrak,’ vroeg mijn zus, ‘ik bedoel, toen de dooi begon, zal het verval toch wel zijn ingezet?’

Mijn oren maakten weer dat *tuut*-geluid dat de wereld in een auditieve slaap bracht. Vaag in de verte hoorde ik haar nog iets zeggen over wilde dieren.

Sinds je gevonden was, in-het-bos-in-het-bos, weerklonk in mijn hoofd wel vaker het liedje uit mijn kinderjaren, waarin Roodkapje onbevreesd door het bos huppelt: *Ben niet bang van de wilde dieren, ben niet bang, ben niet bang!*

Het is een lied dat weinig vrolijke herinneringen bij me oproept, omdat ik als kleuter door dat liedje straf heb gekregen. De juf had me bij mijn arm naar de hoek gesleurd om af te koelen. Voor een kind dat zich doorgaans zwijgzaam aan de regels hield, was dat een indringende gebeurtenis. In die hoek hing een ouderwetse kruidenwijzer. Dat ik dat onthouden heb, bewijst hoe indringend.

Op mijn allereerste schooldag, drie jaar oud, was ik gestopt met praten. Het schoolleven was dusdanig overweldigend dat mijn vitale functies uitvielen. Ik blijf volhouden dat ik behalve met praten ook gestopt ben met ademen, maar tot nu toe heb ik niemand zo welwillend gevonden om deze versie voor waar aan te nemen.

Maar spreken deed ik niet. Ook als er expliciet iets aan me gevraagd werd, hield ik de lippen stijf op elkaar. Niet uit verzet, maar uit onmacht. Wat ik me daarvan nog herinner, is dat elk woord dat ik niet zei tastbaar in mijn mond lag, waarna ik het weer doorslikte.

Het was best verwarrend, want thuis, in een vertrouwde omgeving, was ik een spraakwaterval. Maar school – met haar gecoiffeerde juffen, haar ondoorgrondelijke gebeden, haar kleuters van wie de tanden zomaar uitvielen – had een verlammende uitwerking op me, waardoor ik er tijdens de pauze niet eens in slaagde om het blauwe rietje door het aluminium lipje van mijn melkflesje te prikken. 'Ze lust, denk ik, geen melk,' zei een kind dat niet van haar spraakvermogen was beroofd. Ik wilde zo graag vertellen dat ik thuis wel drie volle glazen melk na elkaar op kon en altijd principieel mijn melksnor liet staan, maar dat waren erg veel woorden voor iemand die zelfs haar eigen naam vergeten was.

Tijdens de zangles leerden we het liedje over Roodkapje. Nooit eerder had ik geluid durven te produceren in het bijzijn van mijn klasgenoten, maar nu, als vanzelf, sloot ik me aan bij de kleine zangers in de kring. Dat samen zingen gaf me een ongekend gevoel van saamhorigheid, en voor ik het wist, was ik uit volle borst aan het meezingen: *Ben niet bang! Ben niet bang!* Onaanraakbaar voelde ik me, wat uiteraard niet zo was, want juffrouw Marie-Christine was al onderweg om me uit de kring te plukken met de woorden 'Dat is geen zingen meer! Dat is schreeuwen!' Ze kwakte me neer in de hoek, waar die ouderwetse kruidenwijzer hing.

De moed die tijdens mijn eerste schooldag in mijn roze veterschoenen was gezakt, kwam terug boven toen Roodkapje luid scanderend in dat liedje voorbij kwam lopen: *Ben-niet-bang-ben-niet-bang!*

Met terugwerkende kracht denk ik te kunnen verklaren waarom Roodkapje zo veel effect op me had. Mijn moeder heeft de onhebbelijke gewoonte om verhalen naar haar hand te zetten. Zonder te verblikken of te verblozen verdraaide ze bij het voorlezen de tekst in het boek.

Mijn lievelingsverhaal was dat van Roodkapje, en wel omdat het in de versie van mijn moeder als volgt begon: 'Er was eens een meisje met zwart haar en helderblauwe ogen.' En door de fysieke overeenkomsten gebeurde er iets wonderlijks: de lotgevallen van Roodkapje waren ineens de mijne geworden.

Mijn moeder deed dit ook met jou. Jij was haar Icarus.

In het echte verhaal is Icarus enig kind. In de bewerking van mijn moeder een nakomertje met blond pluishaar. 'Als een vogeltje dat pas uit het ei was gekropen.'

'Hij stapelde stoelen, kisten en tafels op elkaar, alleen maar om dichter bij de zon te kunnen komen. En op een nacht, toen zijn broer en zussen allang lagen te slapen, knutselde hij in het werkhok van zijn vader, in het licht van de maan, een paar mensenvleugels.'

Toen mijn moeder je twee dagen lang niet had kunnen bereiken, trof ik haar in tranen aan in de tuin. Ik was kwaad op haar, vond het je volste recht om als achttienjarige niet meer elk telefoontje van je moeder aan te nemen. Maar mijn moeder had een duister voorgevoel, zei ze, en er welden nieuwe tranen op. 'Maar wat denk je dan dat er gebeurd is?' vroeg ik. Ze keek me aan met haar natte groene ogen en ze sprak zacht als bij het onthullen van een goed bewaard geheim: 'Hij is op een berg geklommen en is ervanaf gesprongen.'

Na je dood heb ik me verdiept in elke mogelijke roman over dood, rouw en verlies, op zoek naar de troost van herkenning, die ik in meer en mindere mate soms vond. En toch moet ik toegeven dat ik uiteindelijk altijd nog het liefst terugkeerde naar het Roodkapjes-lied.

Jouw kleutertijd is ook geen lichtroze wolk geweest, wat veel te maken had met je naam. Al bij het voorstelrondje waren er kinderen die er gillend vandoor gingen. Alleen de moedigsten bleven zitten als je tijdens de pauze naast ze plaatsnam, maar ze gromden wel hun melktanden bloot als je vroeg of ze een stuk van je koek wilden.

Onze moeder heeft je het verhaal van Icarus heel vaak verteld. En elke keer als ze de zon ter sprake bracht, verschool je je gezicht in haar schoot, hopend dat Icarus dit keer met zijn tere vleugels ver van die vernietigende vuurbol vandaan zou blijven. Maar hoe je je ook identificeerde met Icarus, het bleef altijd veel en veel gemakkelijker om je te herkennen in je naamgenoot. De wolf. De duistere kracht. Het paar glimmende oogjes in het sprookjesbos.

Ik kan me voorstellen dat je door je naam vanzelf minder bang was in het bos. Als wolf kon je zonder vrees het pad verlaten. In het donkerste donker, onder de naaldbomen, ging je liggen op het witte sneeuwtapijt.

Het politieverslag maakte duidelijk dat je, wachtend op je dood, je rugzak als een kussen onder je hoofd hebt geschoven. Je moet hebben gedacht: sterven kan misschien ook gerieflijk.

Soms vraag ik me af of je verhaal een andere afloop had gehad als we je een andere naam hadden gegeven.

Maar ik weet dus nog steeds niet hoe intact of hoe kapot je was toen de vrouw met het hondje je vijf maanden later vond. Toen de dooi was ingezet en ze haar weggelopen hond achternaging.

Eén ding weet ik wel: toen je in die zwarte zak in België aankwam, was je niet meer compleet. Want in Zweden hadden de speurders iets cruciaals van je afgenomen: je dagboek, dat je, verpakt in plastic, vakkundig rond je middel had gebonden. Zo achteloos als je jezelf had achtergelaten in het bos, zo zorgzaam had je je nalatenschap beschermd.

Het dagboek werd van je losgemaakt door mensen van de Zweedse politie. Dat beeld bezorgt me nog altijd trillende, onstabiele benen. Alsof ze iets vitaals bij je hebben weggesneden.

In de eerste dagen na het verschrikkelijke nieuws was het verdriet vernietigend. Maar de vragen en onzekerheden waren eveneens torenhoge golven die we het hoofd niet konden bieden. Vooral die ene vraag, die niemand uitsprak: of je dood een ongeluk was of een vooropgezet plan.

We geloofden dat alle antwoorden op die onmogelijke vragen in je dagboek zouden staan. Maar dat dagboek hadden we niet. Dat lag ergens in een la in een Zweeds politiebureau. Het moest onderzocht worden en niemand kon zeggen hoelang dat zou duren.

Met behulp van Google Translate vertaalden we de vraag of ze alstublieft een kopie van je dagboek (*dagbok*) konden opsturen, dat dit voor het rouwproces (*sorgeprocess*) erg belangrijk was.

Toen ik op een middag met mijn ouders op de bank lag, kwam er een mail van de Zweedse politie binnen. Er stond in dat het nog weken kon duren voor het onderzoek was afgerond. Dat kwam hard aan, zeker omdat we hun antwoord eerst uit het Zweeds moesten vertalen. De vertaling voelde als het uitpakken van een fout gekozen cadeau.

We waren te moe voor kwaadheid. En we vertrouwden niet voldoende op Google Translate om ons ongenoegen aan zijn vertaalkunst over te laten. Voor hetzelfde geld schreven we: liefste manspersoon van de politie, wat een donkere en peperdure tegenslag in de voorraadkast.

Maar dan. Nog geen uur later. Weer een mailtje uit Zweden. Dit keer zat er een bijlage bij. Getiteld DAGBOK WOLF.

Iemand daar op dat politiebureau had ingezien dat hij een hart had en dat dit orgaan niet enkel diende om zijn bloed rond te stuwen.

Mijn moeder en vader gingen achter de computer zitten en drukten samen op 'Bestand afdrukken'. De lampjes van de printer begonnen te knipperen, en toen, met volle stuwkracht, werd het eerste vel papier door het apparaat gejaagd.

Bladzijde na bladzijde rolde je ingescande dagboek uit de printer.

Mijn moeder zat intussen al niet meer naast mijn vader. Ze was achter de bank gekropen, met een groot kussen op haar hoofd. Ze verschool zich. En ze huilde. Na al die jaren kan ik dat huilen nog oproepen. Het was geen menselijk janken. Ze was een hondje op oudejaarsnacht geworden.

In stilte verliet ik het ouderlijk huis.

De volgende morgen belde mijn moeder.
'Die broer van je, hij had schrijver moeten worden.'

LIEVE B.

We hebben elkaar niet meer gezien sinds we op ons negentiende uit elkaar gingen. Je hebt me toen gevraagd om afstand te bewaren en dat heb ik altijd in acht genomen, maar ik denk dat ik nu een uitzondering moet maken.

Wolf is na vijf maanden vermissing dood teruggevonden in de bossen van Lapland.

We zijn verslagen. Leeg.

Ik weet dat je zelf een bitter moeilijke tijd doormaakt, misschien lees je dit niet eens, maar ik wilde je dit toch laten weten. Omdat je zo'n belangrijke rol hebt gespeeld in zijn vroege leven.

Weet je nog dat Wolf erbij was op ons eerste afspraakje? In het park? Lente van 1999. Ik had mijn broertje meegebracht, omdat ik het anders niet durfde: afspreken met een jongen.

Jij was er al toen ik kwam aangereden op de fiets van mijn moeder, Wolf in het kinderzitje aan het stuur. Ik voelde je blik op me rusten toen ik Wolf spartelend uit het zitje tilde. Andere meisjes van zestien probeerden indruk te maken met push-upbeha's, sigaretten en hun nieuwe discman. Ik had een broertje.

Terwijl wij op een bankje ongemakkelijk verliefd zaten te doen, zat Wolf op de schommel in de speeltuin. We verloren hem niet lang uit het oog, maar ineens was hij weg. Doodongerust begonnen we rond te lopen, zijn naam roepend. Maar hij was nergens te bekennen. Ik stelde me al voor dat ik thuis zou moeten vertellen dat ik mijn kleine broertje was kwijtgeraakt. Maar gelukkig kwam er een vader zeggen dat hij een blond jongetje in de struiken had zien verdwijnen. Samen duwden we takken opzij en zagen hem zitten. Het was een zonnige dag, maar daar in het struikgewas tussen de speeltuin en de kerkmuur was het kil en donker. Wolf zat voorovergebogen te spelen met een schaar die hij daar blijkbaar ergens had gevonden. Ik durfde niet dichterbij te komen, doodsbang dat hij zou schrikken en zich zou bezeren aan dat roestige ding.

Nooit zal ik vergeten hoe jij rustig naast hem neerhurkte. Hem zacht toesprak, hem afleidde met een verhaal. Geen kind dat ontvankelijker was voor verhalen. Met grote ogen keek hij je aan en intussen ontfutselde je hem die schaar.

Toen wist ik dat ik verliefd op je was. Als je zo goed voor mijn kleine broertje kon zorgen, dan kon je dat ook voor mij.

Dat kleine broertje is er niet meer.

De draad is doorgeknipt.

SCHRIJVER ZONDER WOORDEN

We hebben een beroemde schrijver in de familie. Hij heeft een speciale kast laten ontwerpen voor al zijn prijzen. Als kind knipte ik zijn foto uit de krant en gaf op school bevlogen spreekbeurten over zijn boeken, met een trots die op verliefdheid leek.

Na afloop van zo'n spreekbeurt merkte de leraar op dat we dezelfde ogen hebben, en hoewel ik objectief veel mooiere ogen heb dan hij, heb ik dat altijd als het grootst denkbare compliment beschouwd.

Een paar dagen nadat je was gevonden – we zaten verschanst in het ouderlijk huis – viel er een brief van de beroemde schrijver in de bus. Mijn moeder riep ons allemaal bij elkaar. Er lag verwachting in haar ogen. Verwachting die op ons oversloeg. In die envelop, dat geloofden we, zaten de woorden die de pijn het zwijgen zouden opleggen.

We verdrongen ons om haar heen toen ze de envelop met veel zorg opende. Er zat geen brief in, maar een kaartje met een ingetogen illustratie erop. Mijn moeder las de geschreven tekst op de achterkant voor:

Hier zijn geen woorden voor.

Ze draaide de kaart om, keek opnieuw in de envelop. Maar er waren alleen de woorden *Hier zijn geen woorden voor.*

Ontzet stak mijn moeder de kaart weer in de envelop. We waren in die tijd wel vaker kwaad op de verkeerde.

Ik was jaloers op haar verontwaardiging. Zelf voelde ik alleen verslagenheid. Als de beroemde schrijver geen woorden voor ons had, dan waren we officieel reddeloos verloren.

Nu ik zelf schrijver ben, kom ik de beroemde schrijver soms tegen. Een paar weken geleden gaven we gelijktijdig een lezing op een school. Tussen de middag zaten we samen een broodje te eten op het enige zonnige plekje dat de speelplaats rijk was. Hij vertelde dat hij als kind soms bij zijn tante logeerde, mijn grootmoeder. En dat hij daar melk kreeg die anders rook dan de melk van zijn moeder. Maar hoe hard ik ook mijn best deed om met mijn aandacht bij de melk te blijven, in gedachten zag ik mijn eigen moeder verschijnen, die een vulpen met de scherpe punt tegen zijn slaap gedrukt hield en dreigde: 'Stop met praten en schrijf iets op onze kaart!'

Is het een teken? Moet ik de beroemde schrijver, hier en nu, in dit zuinige streepje zonlicht, een herkansing geven? Zeggen dat ik graag wil geloven dat er wel degelijk woorden bestaan die de pijn het zwijgen kunnen opleggen?

Blijkbaar heeft de beroemde schrijver me een vraag gesteld, want zijn blik blijft verwachtingsvol op me rusten. Ik heb de vraag gemist. Is het een melkgerelateerde vraag of zijn we intussen drie gespreksonderwerpen verder?

'Je bent hier niet, hè?'
Ik schud mijn hoofd van nee, ik ben inderdaad ergens anders.
'Als het daar goed is, dan moet je er gewoon blijven.'
'Maar het is er niet goed.'
'Kom dan maar terug,' zegt hij.

Hij steekt zijn hand uit en trekt me rechtop.

LAAT DOORGAAN

Een week voor de begrafenis vraagt mijn moeder of ik een gepast tekstje weet voor op de rouwkaart. Natuurlijk moet ik terugdenken aan je geboortekaartje, waar ik in honderdvoud je naam op heb geschreven, in het nog niet helemaal stabiele handschrift van een meisje van tien.

Uit een van mijn wankele boekenstapels trek ik *Rachels rokje,* een boek van Charlotte Mutsaers. Ik blader het door op zoek naar de passage die ik lang daarvoor heb onderstreept en waarvan ik geloof dat die is wat we nodig hebben. Ik vind het desbetreffende stuk meteen terug. Het helpt dat ik er een grote ster naast heb getekend, het symbool dat me eraan moet herinneren dat ik de woorden al lezend heb zien oplichten. Als ik het stuk opnieuw lees, geven de woorden nog altijd licht.

Ik pas de tekst een beetje aan – van 'zij' maak ik 'hij' – en ik leg de nieuwe versie voor aan mijn ouders. Ze huilen, wat op zich niks betekent, want ze huilen onophoudelijk, maar door de tranen heen knikken ze ook. De tekst komt op de rouwkaart:

Laat doorgaan, laat doorgaan.
En zo almaar voort. En weer opnieuw.
En voor altijd, voor eeuwig.
En weer van voren af aan.
Nee, hij wist van geen ophouden.
Daar heeft hij nooit iets van geweten.
Daardoor raakte het eind zoek.
En het begin.
En hijzelf.

Er is nog een ander geliefd citaat uit mijn jeugdjaren dat ik later ook van een vrouwelijk naar een mannelijk perspectief verander, zodat het nog meer voor jou geschreven lijkt. Het gaat over de slotregels uit *The Virgin Suicides*, het boek van Jeffrey Eugenides, dat in mijn puberjaren verfilmd werd door Sofia Coppola, een film die zo veel indruk op me maakte dat mijn toenmalige *playground lover* zich genoodzaakt zag om me Lux te noemen, naar de oudste zus van de noodlottige zusjes Lisbon. Van diezelfde jongen kreeg ik voor mijn zeventiende verjaardag de elpee met de soundtrack cadeau, muziek van Air, waarop in voice-over quotes uit de roman weerklinken. Het laatste nummer op de plaat zette ik over op cassette, zodat ik elke dag met die droevige song in mijn oren naar school kon fietsen. Als ik goed doorfietste, kon ik bij de mooie brug naar het einde van dat nummer luisteren, waar een diepe vertelstem de laatste zinnen uit de roman opzegt.

Op YouTube ga ik op zoek naar het nummer en als het na al die jaren opnieuw weerklinkt, sta ik weer bij de reling van de oude brug:

> *It didn't matter in the end how old he had been, but only that we had loved him, and that he hadn't heard us calling, still does not hear us calling him out of his room where he went to be alone for all time, alone in suicide, which is deeper than death, and where we will never find the pieces to put him back together.*

Ik heb een uitzonderlijke aandoening – dat zeg ik omdat ik tot nu toe geen enkele lotgenoot heb gevonden. Als ik boven in mijn kamer met mijn koptelefoon op zit te schrijven, dan denk ik soms door de muziek heen de stem van mijn moeder te horen. 'Etenstijd!' roept ze, langgerekt, precies zoals ze dat vroeger deed van beneden aan de trap, met een zekere irritatie in haar stem omdat we haar in dat torenhoge huis en met onze muziek altijd loeihard de eerste keer nooit hoorden.

Soms zit ik met mijn koptelefoon opgetild minutenlang te wachten of ze nog een keer zal roepen, maar dat gebeurt nooit. Ik hoef nooit 'Ja-ha!' terug te roepen.

Ik zou graag aan mijn moeder willen vragen of zij wel eens heeft gehad dat ze, tijdens het stofzuigen van de gang bijvoorbeeld, ergens van boven 'Ja-ha!' hoort. Dat zou ik haar willen vragen. En ook: uit wiens deur het dan komt.

HERBARIUM

De dag voor je begrafenis loop ik samen met een groep vriendinnen over de smalle betonnen rand langs het kanaal. De populieren ruien, waardoor het lijkt alsof het sneeuwt in de zomer. De dikke pluizen drijven op het donkergroene water. In korte tijd hebben we allemaal kinderen gekregen. Baby's die we meedragen in draagdoeken. Peuters aan de hand. Kleuters, die achter ons aan drentelen. We zijn bezig veldbloemen te plukken voor je begrafenis.

Ik verzin het niet als ik zeg dat ik een jaar eerder op precies dezelfde plek bloemen liep te plukken met mijn ouders, mijn broer, mijn twee zussen en onze kinderen. Mijn moeder voorop, met in haar hand een mand, waar een roestig Herder-mesje in zat en ook een plantschepje. In haar kielzog volgde mijn vader. Uit de achterzak van zijn broek stak de plantenbijbel: *Heukels' Flora van Nederland*, 23ste druk.

Mijn moeder heeft al haar manschappen ingeschakeld voor een belangrijke opdracht. Samen zijn we er verantwoordelijk voor dat jij later in het schooljaar een herbarium van vijftig planten zult kunnen inleveren, een belangrijke voorwaarde om te kunnen slagen voor je studie. Mijn moeder had al snel begrepen dat dit herbarium er zonder een paar extra helpende handen nooit zou komen.

Op een kluitje tussen het hoog opgeschoten raapzaad stonden we naar onze moeder te luisteren, die de verfrommelde instructies van de universiteit voorlas. 'We willen een zo volledig mogelijk plantenexemplaar.' De troepenmacht knikte gedwee. Mijn moeder heeft ons allemaal met factor 90 ingesmeerd, waardoor we drie tinten bleker zijn dan anders. Ze heeft ons ook allemaal een zonnehoed opgezet, want ze heeft weer een verontrustend artikel gelezen over zonneschade. Ik lach naar mijn jongste zus omdat de grappigste hoed op haar hoofd is beland, maar ze doet alsof ze mijn spot niet opmerkt en wappert zichzelf koelte toe met de lange roze linten die ze onder haar kin hoort vast te binden.

Mijn moeder herhaalt de instructies vooral in mijn richting, haar rommeligste kind. '"Teneinde de wortel van de plant niet te beschadigen, gaat de herborist met beleid te werk."' Met een imaginaire plant toont mijn moeder hoe we moeten omgaan met een hardnekkige wortelstok, of hoe die dingen ook mogen heten.

Jijzelf bent nergens in het plaatje te bespeuren. Jij bent bezig de zomer van je achttiende levensjaar te vieren. Iets waar onze ouders ontzettend veel belang aan hechten. Terwijl onze vrienden zich tijdens de zomermaanden moesten uitsloven in de koekjes- of visfabriek, stopten onze ouders ons wat extra geld toe voor reizen en festivals. Ze vonden dat we alles uit de zomer moesten halen wat erin zat. Zo kreeg ik een keer verschrikkelijk op mijn kop omdat mijn moeder me ver voor middernacht hoorde thuiskomen. Met gekruiste armen stond ze me boven aan de trap op te wachten. 'Je denkt toch niet dat er nog zulke zomers zullen volgen?' Met het ouder worden begrijp ik haar beter. Ze had van dichtbij meegemaakt dat het feest ineens afgelopen kon zijn, de stekker eruit voor ze haar eerste onzekere danspasjes had gezet.

'"Op een herboriseertocht dient men te beschikken over droge oude kranten."' Mijn oudste broer, met zijn oudste dochter op de arm, geeft te kennen dat hij deze taak ter harte heeft genomen door een stapeltje opgerolde kranten in de lucht te steken. Maar nog is mijn moeder niet klaar met haar onderricht. '"Bij het inleggen kunnen grote planten geplooid worden, zodat ze later in een L-, V- of N-vorm op het definitieve herbariumblad kunnen worden geplakt."' Weer zoekt mijn moeder mijn blik, en ze vindt het nodig om me mee te geven dat ik dat vouwen beter aan mijn zussen kan overlaten. Ik ben niet gezegend met de kunstige handen van mijn bloedverwanten, die hun eigen jurken naaien, met pofmouwen en blinde ritsen.

'Oké,' zegt mijn oudste zus, 'kunnen we dan eindelijk vertrekken?' Zij heeft haar hoed al afgezet, terwijl ze duidelijk het meest schappelijke model heeft gekregen, een zonder exotisch fruit of paradijselijke veren.

'Nee,' zegt mijn moeder, 'nog even verder lezen. "Het nog verse plantmateriaal dient op de inzameldag zelf gedetermineerd te worden, want dan kunnen alle kenmerken nog goed geobserveerd worden."' Ze haalt een notitieboekje tevoorschijn. Er staan rondtollende David de Kabouters op. Ze overhandigt het boekje plechtig aan mijn oudste zus, die verontwaardigd is. 'Dus ik moet notities maken?' Wij begrijpen dat dit de straf is voor het schaamteloos afzetten van haar zonnehoed.

Dan kunnen we eindelijk op herboriseertocht vertrekken. Mijn jongste zus en ik hebben het gevoel dat we als enigen niet echt een taak toegewezen hebben gekregen, maar dan roept mijn moeder: 'Jullie twee daar achteraan, mooi aansluiten!'

Zoals je van een goede zomer mag verwachten, vloog ook die van 2012 geruisloos voorbij. In *fast forward* liepen we door de berm. Herderstasje, smalle weegbree, gewone dotterbloem, paardenbloem – allemaal werden ze zorgzaam uit de kleigrond van de dijk gerukt en verdwenen ze vervolgens tussen de vouwen van oud nieuws.

Het beeld gaat zo snel dat je goed moet kijken voor je ziet dat er een vol jaar verstrijkt en dat de figuren langs het kanaal veranderen. Dat mijn ouders, broer en zussen zijn ingeruild voor mijn vriendinnen. Peuters met klamme handjes aan de hand, baby's die ze op en neer laten hoppen in draagdoeken. Het ziet er uit als een onbezorgd zomers tafereel. Met dat verschil dat het geruisloos verloopt. Er wordt niet gepraat. Ook de kinderen zijn stil. Het is de dag voor je begrafenis.

Ongevraagd stonden mijn vriendinnen die ochtend voor mijn deur. Toen ik de knellende voordeur van het dijkhuis openduwde, zag ik ze staan: een bonte troep op de scheve trappen van de dijk. Ik moet ze angstig hebben aangekeken, want ze stelden me meteen gerust. Dat ze niet wilden binnenkomen, dat ze ook geen thee of koffie hoefden. Dat ze bloemen kwamen plukken voor de begrafenis.

De hele ochtend liepen we achter elkaar aan in de berm langs het kanaal. We plukten fluitenkruid, grashalmen, boterbloemen. Enorme boeketten, die we over onze schouders droegen. Een onvergetelijk beeld. Van al het huilen waren mijn ogen geïrriteerd, maar echte schoonheid herken je ook blind.

Binnen in het dijkhuis was het door de dikke muren en de lage ligging altijd vochtig en kil. Tegen de middag stond de keukenvloer vol emmers waar weelderige veldboeketten uit staken. Aan de keukentafel zaten twee vriendinnen die met een snoeischaar bezig waren om de ingeleverde bloemen te herschikken tot boeketten. Iemand zei: 'De klaprozen zullen morgen niet halen.' Maar we lieten ze er toch in zitten.

Je begrafenis rook naar een bloemenveld na de regen.

Na de dienst hadden mijn vriendinnen de boeketten weer in hun kofferbakken geladen, maar ze wisten vervolgens niet goed wat ze daar nu mee aan moesten. Toen besloten ze om naar het huis van mijn ouders te rijden en de vele emmers bij hen op de stoep te zetten.

Vlak voor het slapengaan, bij het afsluiten van de voordeur, merkte mijn moeder wat er op haar stoep was achtergelaten. Ze haalde mijn vader erbij, maar helemaal uitgeput door de begrafenis vonden ze de moed niet om al die emmers vol veldbloemen naar binnen te dragen. Ze bleven er wel naar kijken, hand in hand. Op de dorpel. De stad was stil. Er was geen maan aan de hemel en geen kat op straat. Maar in de deuropening stonden twee mensen zwijgzaam te kijken naar de bloemenzee op hun stoep.

THE CATCHER IN THE RYE

Omdat ik hooghartig geloof dat ik alles kan onthouden, heb ik nooit een dagboek bijgehouden. Daardoor is er geen materiaal voorhanden om na te gaan hoe ik me heb gevoeld tijdens de overrompelende maanden van je vermissing. Wel vind ik een piepklein zakagendaatje, dat pijnlijk laat zien dat het leven zonder pardon is doorgegaan. Consultatiebureau, familiebezoek, autokeuring, tandarts, repetitie, cinemabezoek, vergadering. De enige agenda-afspraak die in het oog springt, omdat die in het paars is geschreven, is een vierdaagse trip naar Zuid-Engeland, samen met mijn hartsvriendin. Zonder veel voorbereiding waren we met onze onbetrouwbare Berlingo de ferry in Calais op gereden.

Aan de rand van Folkestone gooiden we een klaptent op, ergens op een camping zonder gasten. We kropen in die tent en daarna zijn we er niet meer weggegaan, niet uit Folkestone en niet uit die tent, die onophoudelijk flapperde in de zeewind. Ik lag opgebaard in mijn slaapzak, armen stijf langs mijn lijf. Intussen was je vier maanden weg, en aangezien ik thuis twee kleine kinderen had rondlopen, was de pauzeknop indrukken geen optie geweest. In die slaapzak werd ik overvallen door een vermoeidheid die vier maanden lang aan gewicht had gewonnen.

Ik sliep door de dagen heen, en mijn vriendin, doodongerust over mijn conditie, durfde zich alleen te wagen aan kleine wandelingetjes om onze flapperende tent heen. Maar op de laatste avond vond ze dat ze ten minste één uitstapje had verdiend. 'Kom op, Toetanchamon, uit die tent!' Ik heb altijd een zwak gehad voor gezaghebbenden en dus deed ik gewillig wat me werd opgedragen. Ik nam plaats op de passagiersstoel naast mijn vriendin, die ons naar Dungeness reed. Ze vertelde dat ze een film had gezien van kunstenaar Derek Jarman, die zich tijdens zijn laatste levensmaanden had teruggetrokken in dit desolate landschap, en ze wilde het daar wel eens met eigen ogen zien.

We kwamen aan toen de zon al bijna onder was. Roze wolken hingen in slierten boven de horizon. Ik herinner me de dreigende gedaante van de kerncentrale in de verte. Een heen en weer zwaaiend uithangbord van een fish-and-chipskraam. Het kiezelstrand vol wrakhout, spookschepen en scheepsgeraamtes. De houten hutten vol sculpturale strandvondsten in de voortuinen. De voorbijflitsende lichtstraal van de zwart-wit gestreepte vuurtoren. Het kalme ruisen van de zee. En hoewel ik nooit eerder in een landschap was geweest dat rechtstreeks uit een droom gestolen leek, werd ik daar plots wakker uit de droom die toen al vier maanden duurde. Er kwamen hete tranen en donkere keelgeluiden aan te pas. Mijn vriendin sloeg haar armen om me heen, maar ik had geen behoefte aan troostende woorden, dus vroeg ik haar of ze dat alsjeblieft niet wilde doen. Ik gaf geen aanwijzingen over wat ik dan wel verwachtte. En toen kwam zij met het briljante idee om samen gymnastiekoefeningen te doen. Zo hebben we daar – zij deed voor, ik volgde – tot het donker met onze armen en benen staan zwieren. We fietsten met onze voeten in de lucht, tilden zware stenen boven ons hoofd, koprolden en draaiden molentjes op het nachtelijke strand tussen de klapwiekende windmolens en de zwijgende scheepswrakken. Als ik het allemaal wel in een dagboek had genoteerd, dan was ik nu misschien een belangrijke herinnering armer geweest.

Op zolder vind ik een doos, gelabeld LOSSE SCHRIJFSELS. Bij het doorploeteren van de vele losse blaadjes tref ik kladversies aan van wat later volwaardige theaterstukken zouden worden. Veel pogingen ook om onder woorden te brengen hoe het is om met een gebroken hart rond te lopen.

Het is graven tot de bodem van de doos voor ik het echte werk aantref: een volgeschreven schrift. Op de kaft heb ik een koffiekleurige foto geplakt uit de jaren twintig, een vrouw die poedelnaakt op een schaapsvachtje ligt. '2005' staat er op haar bleke kont geschreven. Alleen in dat jaar heb ik het blijkbaar een keer een paar maanden volgehouden om mijn leven dagelijks aan het papier toe te vertrouwen. Een diagonale lezing maakt me al snel duidelijk waarom ik juist die periode zo halsstarrig heb willen bewaren. Op de eerste pagina wordt er aangeklopt op de deur van mijn studentenkamer. Als ik de deur opendoe, zie ik mezelf staan. Dat komt doordat mijn bezoek, een jongen met onvergetelijke krullen en nog een paar andere onvergetelijke talenten, een grote spiegel voor zich uit houdt, een cadeau dat hij op straat heeft gevonden. Als zijn hoofd achter de spiegel vandaan komt, spreekt hij me aan als 'Larissa Peseta'.

Die scène luidt het begin in van mijn seksuele bevrijding, iets wat ik me blijkbaar graag correct wilde herinneren, want overal zijn bijzinnen tussen haakjes bij gekrabbeld. *Hij heeft laarzen voor me gekocht (groenblauwe!)*, *Ik ben met hem meegegaan naar de les (Microbiologie II)*. Maar hoe gedetailleerd het allemaal ook is beschreven, het komt niet terug als werkelijke herinneringen. Het voelt alsof mijn eigen leven een film is geweest die ik een keer slaapdronken heb bekeken, met dichtvallende ogen. Het begint me te dagen dat mijn geheugen verre van feilloos is.

En dan ineens, tussen de vuile lakens en de dichtbevolkte dagboekbladen, kom jij voorbijgerend, als jongen van elf. Het is 30 oktober 2005 als er opnieuw wordt aangeklopt op de deur van mijn studentenkamer:

Eindelijk weer eens bezoek! Mijn oudste zus met haar vriend. Als verrassing hebben ze Wolf meegebracht, die we de hele middag niet hebben gehoord, omdat hij met zijn hoofd uit mijn zolderraam hing om met de duiven in de goot te communiceren. Tijdens het eten vroeg hij of ik op mijn kleine fornuisje ook pudding kon maken, zoals die van mama, met speculoos en een blokje chocolade.
Toen heb ik hem mijn keukenschortje voorgebonden en hebben we samen pudding gemaakt. Al roerend in de pot stelde hij onophoudelijk vragen. 'Kun je ook pudding maken die alleen uit vel bestaat?'
Na het eten hebben we geluisterd naar 'BOUM!' van Charles Trenet, het deuntje uit papa's lievelingsfilm Toto le Héros. *We hebben luid meegezongen:* La pendule fait tic-tac tic-tic / Les oiseaux du lac pic-pac-pic-pic / Glou glou glou font tous les dindons/ Et la jolie cloche ding ding dong. Mais boum / Quand notre cœur fait boum...
Later die avond huilde Wolf op mijn schoot, omdat ik hem vertelde dat ik deze zomer niet meer meega op reis. Hij snikte: 'Met wie moet ik dan zwemmen in zee?'

Na dit korte fragment wil ik meer, meer woorden die het zolderraam weer openzetten naar een leven waarin je nog in de pudding staat te roeren. Dus bel ik mijn vader met een verzoek. Het lijkt alsof hij op mijn telefoontje had zitten wachten, want nog geen halfuur later staat hij bij me op de stoep. Uit zijn fietstas haalt hij een stapel kleurrijke schetsboeken, schriften en notitieboeken. Precies waar ik om had gevraagd, al had ik niet durven hopen dat het over zo veel materiaal ging. Het zijn de reisdagboeken die we tijdens onze gezinsreizen hebben bijgehouden. Elke avond in onze hotelkamer, liggend op onze buik, schreven we uitgebreide verslagen van de dag.

Ik sla de pagina's traag om. De boeken zijn zorgzaam samengesteld: collages van toegangskaartjes en kassabonnen, tekeningen om bepaalde situaties visueel te kunnen bewaren. De teksten zijn opgeleukt met getekende bloemen, vlinders en krullerige ornamenten. Behalve mijn oudste broer schreven we allemaal graag; daar getuigen de volgeschreven vellen van, in vier zeer verschillende handschriften, alle vier even uniek en opzichtig. Met veel bochten en omwegen beschrijven we onze dagen in het zuiden. Op goedkope stadsplannetjes duiden we aan waar we het lekkerste citroenijs hebben gegeten en op welk plein onze jongste zus een knipoog heeft gekregen van *een Venetiaan met de ogen van Jakob Dylan*, waar ik, duidelijk stikjaloers, aan heb toegevoegd: *maar met een spuuglelijke pet.*

We namen het samenstellen van die reisboeken heel serieus. In Andalusië, zomer 2004, schrijft mijn jongste zus: *Dit jaar pakken we het professioneel aan. We hebben Chinese inkt, ecoline, aquarelkleurpotloden, een lijmstift, plakband en zelfs een perforator meegebracht!*

In hetzelfde jaar moeten onze ouders een schadevergoeding betalen aan de hoteluitbater in Córdoba, omdat ik het potje Chinese inkt had omgestoten op de gobelinbedsprei. Als je er vanaf de deuropening naar keek, leek het alsof er een gat in dat bed zat.

Die zomerse dagboeken lezen zorgt ervoor dat de zon weer op het middaguur boven mijn jeugdjaren hangt. Jij tussen ons in op de achterbank tijdens de lange autorit naar de Cinque Terre.

> *Overal file, en tot overmaat van ramp heeft Wolf weer duizend vragen. Gelukkig had mama een geniaal plan bedacht om zijn vragenstroom te stoppen. 'Vanaf nu mag niemand in de auto het woordje "waarom" nog gebruiken.' We zijn haar eeuwig dankbaar voor de nieuw ingestelde regel. Eindelijk een beetje stilte. Maar dan weerklinkt dat kleine stemmetje weer: 'Waarom mogen we geen waarom zeggen?'*
>
> <u>*Wolfs beste vragen van de dag:*</u>
> - *Waarom is een varken gemaakt van worst?*
> - *Waarom kan het niet achtendertig uur zijn?*
> - *Als ik het lintje van mijn zonnepet opeet, krijg ik dan een lintworm?*
> - *Bestaan er nachtzonnen?*
> - *Kan het 's nachts ook niet achtendertig uur zijn?*
> - *Waarom draagt Gargamel Birkenstocks?*
> - *Als je een miljoen kinderen loslaat bij de kliffen, hoeveel overleven er dan?*

Bij die laatste vraag blijf ik hangen, omdat die zo sterk doet denken aan de beroemd geworden passage in *The*

Catcher in the Rye waarin Holden Caulfield uitlegt dat hij later 'vanger in het graan' wil worden, een onbestaand beroep, dat hij wel vlotjes kan uitleggen:

> *Ik zie de hele tijd een heleboel kinderen voor me die een of ander spel aan het doen zijn in een groot graanveld. Duizenden kleine kinderen, en er is niemand bij – geen grote mensen, bedoel ik – behalve ik. En ik sta op de rand van een of andere krankzinnige afgrond. En wat ik moet doen is dat ik ze moet vangen als ze in de afgrond dreigen te vallen – als ze dus aan het hollen zijn en niet kijken waar ze lopen, moet ik ergens vandaan komen en ze vangen. Dat is het enige wat ik de hele dag zou doen. Dan was ik dus de vanger in het graan. Ik weet dat het gestoord is, maar dat is het enige wat ik echt zou willen worden.*

Ik heb het boek pas gelezen in de zomer na je dood, tijdens een motorboottocht, dobberend rond Es Vedrà. Uren lag ik daar in de volle middagzon met mijn neus in dat boek, klotsend over de kalme golven. Mijn man liet weten dat we de motorboot nu wel echt moesten terugbrengen naar de verhuurder, maar ik negeerde hem. Niemand had het recht om me uit dat boek te halen. In de stem van Holden Caulfield zat de jouwe besloten. Zolang ik bleef lezen zat je naast me, met al je duizend onmogelijke vragen. En dit keer zou ik ze allemaal voor je beantwoorden.

INTO THE WILD

Tijdens je vermissing vindt mijn vader in de kelder een schoolopdracht van je terug, waar je een 9,5/10 voor kreeg. Het is een klein mirakel dat dit losse A4'tje niet verloren is gegaan. Want op je laatste schooldag heb je alles wat aan school deed denken demonstratief in een doos gedonderd, en die doos met veel geweld naar de kelder gesleept.

Het is een filmverslag over *Into the Wild*, de film van Sean Penn uit 2007, gebaseerd op het gelijknamige boek van Jon Krakauer.

> *Wolf, wat heb je een doordacht en persoonlijk verslag geschreven! Je deelt rake klappen uit met je doordringende beschouwingen.*

Dat heeft een leerkracht in rode balpen onder aan je werkstuk geschreven.

Je schrijft:

Net als Chris McCandless stel ik me vaak de vraag of dit het leven is zoals het bedoeld is. Het recht om te leven zoals we dat willen, is ons ontnomen. Dat recht leveren we in op de dag dat we geboren worden.
Er is ontzettend veel moed nodig om te doen wat McCandless heeft gedaan. Ik denk dat het mij aan lef ontbreekt om alle banden los te knippen. Mocht ik hem nog iets kunnen zeggen, dan zou het zijn: Chris, neem je me mee?

Na je begrafenis speelde de soundtrack van *Into the Wild*, maar omdat erg veel mensen ons de hand wilden schudden, moest de cd opnieuw en opnieuw worden opgezet. Op een van de vele kaartjes die we kregen stond: *Jullie verdriet is immens. Onze troost is klein. Maar wij zijn wel met veel!* En dat was waar. Elke keer dat we het slotnummer weer hoorden, werden we daaraan herinnerd.

Toen ik laatst na een uitgelopen lezing onderweg was naar huis, speelde dat nummer op de radio. Ik had het jaren niet meer gehoord en ik werd hard getroffen. Alsof het gemis vervat zat in de stem van Eddie Vedder. Alleen ging dat missen dit keer niet gepaard met een snerpende pijn. Op dat moment, alleen over de snelweg, dat wist ik zeker, miste ik je niet alleen. We waren met velen. Allemaal onderweg. Voortbewegende stippen op een complex netwerk van onverlichte snelwegen.

Society, have mercy on me
I hope you're not angry if I disagree

Society, crazy indeed
I hope you're not lonely
Without me.

WOLFJE, HOE LAAT IS HET?

In de weken na je begrafenis tref ik mezelf ineens aan in de rij voor de kassa van een reusachtige sportwinkel, gespecialiseerd in ondraaglijke kleuren en vernietigende hoeveelheden microplastics. Ook met grof geweld krijg je me normaal gesproken zo'n winkel niet binnen, en toch sta ik er, met bij mijn voet een volgepropt winkelmandje en aan elk been een vermoeid kind. Het is vreemd, maar ik kan me niks herinneren van de tocht hierheen, alsof een goddelijke hand me bij de kraag heeft opgetild en me met een sadistisch genoegen heeft neergezet.

Sinds je begrafenis is alles mistig. We functioneren op de automatische piloot. Ik zet eten op tafel, maar herinner me niet dat ik groenten heb gesneden of de oven heb voorverwarmd. Als ik ergens op mijn bestemming aankom, kan ik me niks herinneren van de rit ernaartoe. Hoeveel doodgereden mensen lagen er door mijn toedoen langs de kant van de weg?

Te midden van de verwarring word ik aangesproken door een meisje dat achter me is aangesloten in de rij. Ze heeft haar krullen met veel glimmend spul platgemaakt. Ze heeft een enthousiast gezicht. 'Je kent me niet meer, hè?' vraagt ze. Ik ken haar inderdaad niet, en ook als ze me verklapt hoe ze heet, gaat er geen miezerig lampje branden in de achterkamer van mijn geheugen. 'Ik heb bij Wolf in de kleuterklas gezeten!' Ik begrijp meteen waarom dit meisje zich mij wel herinnert en ik haar niet. Ik was tien jaar ouder dan jij. Natuurlijk maakte het diepe indruk op die kleuters toen ik met jou op mijn rug, hinnikend als een echt paard, de klas binnen kwam gestormd.

Ze begint over de wollen truien die je altijd droeg en ze vindt het grappig dat dit het eerste is waar ze aan moet denken.

'Je moeder breide die zelf, hè?'

Ik knik.

'Jullie moeder was zo mooi.'

Alweer moet ik knikken.

Wat dat meisje ook nog weet, dat is dat je een hekel had aan het spelletje 'Wolfje, wolfje, hoe laat is het?' Omdat jij altijd weer de wolf moest zijn, iets waar je een keer zo kwaad over was geworden dat je een ander jongetje had geschopt.

Ik heb dat spel als kind ook gespeeld, op dezelfde speelplaats. Aan de ene kant stonden de geitjes opgesteld; aan de andere kant, tegen het toiletblok, de wolf. In koor stelden de geitjes steeds opnieuw dezelfde vraag, op een zangerig, bijna pesterig toontje: 'Wolfje, wolfje, hoe laat is het?' Vervolgens noemde de wolf willekeurig een uur, waarna de geitjes evenveel stapjes vooruit mochten zetten als het genoemde getal. Maar als de wolf ineens 'Etenstijd!' riep, moesten de geitjes zich uit de voeten maken en ervoor zorgen dat ze niet getikt werden.

'Raar, hè?' zegt het meisje. 'Maar door zijn naam geloofden wij echt dat je broer ons kon opeten.'

Het is een lief meisje. Onder andere omstandigheden zou ik meelachen, maar ik probeer me nog steeds te herinneren hoe ik in deze gruwelijk verlichte winkel ben beland. Het doet me denken aan iets wat me een paar dagen eerder is overkomen. Toen ontwaakte ik in een stilstaande auto, met mijn hoofd op het stuur. Ik dacht dat ik tegen een boom was geknald, dat het voorbij was. Maar de auto zat niet dubbelgevouwen om een boomstam, hij stond gewoon met draaiende motor op de parking bij een zoemende energiecentrale. Mijn kinderen zaten niet meer op de achterbank, maar voordat de paniek kon toeslaan, hoorde ik dat ze naast de auto aan het spelen waren. Tegenover elkaar gezeten gooiden ze handjes grind omhoog. Mijn zoon keek me aan door het autoraam, met een vuile mond en een schuldige blik, waardoor ik me weer herinnerde waar ik wakker van was geworden: het gekletter van een stenenregen op het autodak.

Het is mijn plicht; ik moet dat meisje met de weerbarstige krullen vertellen over je dood. Ik zet me schrap voor het hele verhaal. De vermissing. Het bos in Zweden. Het dagboek. Maar het verhaal van je dood is geen reeks woorden, het is een levensgevaarlijke tocht die je niet zomaar onvoorbereid maakt. Dus als ze me vraagt hoe het met je gaat, zeg ik: 'Goed.' En omdat haar ogen op mij gericht blijven, begint mijn mond zomaar woorden te produceren. Dat je gestopt bent met je studie, zeg ik. Dat je nu door Amerika aan het reizen bent. Dat je hoopt Alaska te bereiken. Er ontsnapt haar een kreetje van bewondering, wat me aanmoedigt om verder te gaan. Dat je amper iets hebt meegenomen. Ik betrap mezelf erop dat ik trots klink. Ik ben alweer zover dat ik mijn eigen verzinsels geloof. 'Hij trekt rond, zonder einddoel. Gewoon om te voelen dat hij leeft.'

Het meisje heeft grote ogen opgezet. 'Echt iets voor hem!' En op de een of andere manier zou ik haar nu in mijn armen willen nemen, onzeker wie van ons tweeën dat zou troosten.

Het is mijn beurt om mijn spullen op de kassaband te leggen. Ski-jassen, mutsen, thermische broeken en onderhemden. Alles in drievoud en in drie maten: 104, 110 en small.

De vrouw aan de kassa wijst naar de rode ronde stickers op de prijsetiketten en zegt: 'Boven op die vijftig procent komt nog een extra korting van dertig procent.' Je kleutervriendin lacht. 'Wauw, wat slim om je winterspullen in juni te kopen.'

Bij het afrekenen besef ik dat dit mijn laatste kans is, dat ik hier en nu aan dit meisje moet opbiechten dat ik gelogen heb. Dat je helemaal niet wilde voelen dat je leefde. En dat je het einddoel wél hebt bereikt. En dat ik sindsdien het gevoel heb dat de dood me op de hielen zit. Dat de angst in mijn botten huist. Dat ik werkelijk overal bang voor ben. Voor het donker en voor het licht, voor geluid en voor stilte. Maar nog het meest voor de kou. En nu herinner ik me weer waarom ik in die winkel sta: mijn dochter had een verkleedfeestje gehad op school en stond me rillend in haar elfenpak aan de schoolpoort op te wachten. Ik had haar handen en voeten warm geblazen, was begonnen te huilen van donkere angst en was linea recta naar deze winkel gereden.

De caissière houdt een grote winkeltas voor me open, zodat ik de drie ski-jassen erin kan proppen. Even maak ik oogcontact met het meisje. In haar grote donkere ogen leef je nog. Ik zie je lopen. In haar ogen ben je onderweg, bezig de reis van je leven te maken. Ik wend mijn blik af en besluit je daar, in die twee donkere meisjesogen, verder te laten leven.

Wanneer ik al door de grote schuifdeuren de parking op loop, komt het meisje me achterna. Hijgend vraagt ze of ik je de groeten wil doen. Ik zeg dat ik haar in dat geval moet ontgoochelen, dat je geen grote fan bent van groeten. 'Typisch,' lacht ze. 'Zeg dan maar gewoon dat ik soms nog aan hem denk.'

DE ZOMER VAN 1976

Mijn vader schreef en schreef en schreef maar, en we begrepen allemaal dat het hem moest behoeden voor de ware omvang van het gemis. Ik was er niet bij toen hij aan zijn schrijftafel zat en toch heb ik zijn schrijfproces opgeslagen als een auditieve herinnering: de slagen van zijn oude Olivetti RT Personal 55 die overal in de gangen van het grote herenhuis te horen waren, ratelend als een mitrailleur.

Het werk van mijn vader mondde uit in een boek vol prachtige beschouwingen over leven en dood van zijn zoon. Ik heb het meerdere keren gelezen, maar nog elke keer schrik ik op door iets wat mijn vader er, bijna aan het einde, in heeft geplakt: een ongebruikt ticket, eerste klas, tussen Oostende en Wick, geldig tussen 17 augustus en 16 november 1976.

Mijn vader was twintig toen hij het plan opvatte om helemaal alleen naar Wick te reizen, het meest noordelijke punt van Schotland, nog voorbij Inverness. Mijn grootvader, werkzaam bij de spoorwegmaatschappij, regelde een internationaal vrijbiljet.

Later zou mijn vader de zomer van 1976 de meest memorabele zomer van zijn jeugd noemen. Niet alleen door de zuidelijke temperaturen, maar ook omdat hij overal tegelijk bezig was. Er moesten feesten georganiseerd worden. Er moesten spandoeken de lucht in gestoken worden. Er waren jongeren voor wie gezorgd moest worden. Mijn vader werd zo in beslag genomen dat de zomer ongemerkt voorbijging en zijn ticket plots niet meer geldig was. Het ongebruikte treinticket plakte hij in zijn dagboek, een notitieboek met een beige linnen kaft, en daaronder schreef hij:

Ik voel het sterke verlangen om voor de spiegel te gaan staan en te vragen wie ik nu eigenlijk ben. Al denk ik dat ik het antwoord wel weet. Dat zowel bomen als mensen oud worden, met hun blinde onmacht tegen de tijd. Ik denk dat ik onder ogen moet zien dat de zomer van mijn jeugd voorbij is en dat ik mijn overlevingskansen laag inschat in de grijze sleur die op me wacht.

Zoals we jou zo vaak met Google Maps achternagereisd zijn, zo zet ik nu het gele mannetje neer in Wick. Een spookreis, in de voetsporen van iemand die er nooit is geweest, behalve in dagdromen en gedachten.

Ik beland aan de rand van de kliffen. Mosgroene rotsen bespikkeld met roze heidebloemen. In de diepte ligt een kalme, donkergekleurde zee. Er vliegt een glinsterende meeuw voorbij. Ik kan zo de windvlagen om mijn oren voelen slaan.

Het is het soort landschap dat ik zelf ga opzoeken als

de chaos in mijn hoofd het dreigt over te nemen. Urenlang heb ik in mijn afzichtelijke, maar zwaar afgeprijsde ski-jas over de uitgesleten douanepaden langs de Normandische kust gewandeld.

Mijn fascinatie voor kliffen was al vroeg aanwezig. Op mijn veertiende begon ik ansichtkaarten te verzamelen van panorama's met steile rotswanden: Cabo de São Vicente, The White Cliffs of Dover, Étretat, Seven Sisters, Lorelei... Toen iemand me laatst tijdens een lezing vroeg of ik mijn leven zou veranderen als ik ineens schatrijk wakker mocht worden, antwoordde ik: 'Ik zou niks veranderen, alleen zou er een nieuw schilderij boven mijn bed hangen: *Laagtij bij Varengeville* van Monet.' Kliffen hebben een onweerstaanbare aantrekkingskracht op me.

Op mijn vijftiende werd ik samen met mijn hartsvriendin een week van school geschorst om een wel erg ongewone reden: we waren tijdens de schoolreis naar Cap Blanc-Nez te dicht bij de rand van de krijtrotsen gekomen. Mijn vader heeft de brief van de directeur altijd bewaard:

Geachte heer,
Geachte mevrouw,

Hierbij willen we u ervan op de hoogte brengen dat uw dochter Lara zich samen met haar vriendin H. aan het gevaar heeft blootgesteld, ondanks onze uitdrukkelijke waarschuwingen. Wij hadden vooraf in de klas en in de bus gevraagd om bij de beklimming van Blanc-Nez zeker

twintig meter afstand te houden van de kliffen. Toch verlieten zij de groep om naar de rand van de klif te gaan, die meer dan honderd meter diep is.
We beraden ons over een gepaste straf.

De straf die uit al dat beraadslagen voortkwam, was een schorsing van een week. Ik herinner me nog goed dat mijn ouders me ontzet vroegen wat ons in godsnaam had bezield om naar die levensgevaarlijke rand te gaan, en dat ik toen alleen snikkend wist uit te brengen: 'Omdat we dachten dat we een zeemeermin zouden zien.'

Weer ga ik in de schoenen van het gele mannetje staan, aan de rand van de kliffen bij Wick. Ik kan de kolkende diepte bijna aan me voelen trekken, zeker wanneer ik me de droefgeestige woorden van mijn vader herinner: *Ik denk dat ik onder ogen moet zien dat de zomer van mijn jeugd voorbij is en dat ik mijn overlevingskansen laag inschat in de grijze sleur die op me wacht.*

Nerveus loop ik langs de rand digitaal te ijsberen om het beklemmende idee van me te laten afwaaien: dat jouw reis naar het noorden misschien al in 1976 vastlag, maar dat hij een generatie is uitgesteld. Als vanzelf moet ik ook terugdenken aan het fotootje van mijn breedlachende overgrootvader die in zijn moestuin staat, met zijn voet op de spade, tussen de woekerende rodekoolplanten, een paar maanden voor hij in ongewijde grond begraven werd.

Ik voel diepe opluchting dat het ticket naar Wick niet is afgestempeld. Dat mijn vaders reis naar het noorden nooit is doorgegaan.

DE VERDWENEN BRUG

Maanden na je dood vind ik je terug. Nee, jij vindt mij terug. Buiten adem fiets je me achterna. Over de oude brug van het kanaal.

Het moet een droom zijn, want je bent intussen begraven en ook de brug waar je overheen fietst bestaat niet meer. Die is met een immense hijskraan weggehaald en vervangen door een nieuw model, bedacht door een architect met grootheidswaan: een brede kantelbrug met spierwitte rolarmen die hoog boven de huizen uittorenen.

Op de nieuwe brug is een jongen van twintig om het leven gekomen. De lokale kranten hebben er veel plaats voor ingeruimd op hun frontpagina's. Het verkeer wordt gehinderd door de vele bloemkransen die ter nagedachtenis op de brug zijn achtergelaten. In plasticfolie verpakte rozen en teddyberen. De heren en dames van het stadsbestuur hadden zich de plechtige inhuldiging van de brug enigszins anders voorgesteld.

In een bui van nachtelijke overmoed had die jongen geprobeerd om de rolarmen te beklimmen, maar vlak voordat hij het hoogste punt bereikte, verloor hij zijn grip en gleed naar beneden.

Elke dag moet ik die brug over, en ik kan maar niet begrijpen dat niemand eraan gedacht heeft om de voetstappen van die jongen weg te halen. Zijn laatste wandeling die pijnlijk afgetekend staat op de witte ondergrond. Je kunt precies zien waar hij zijn voeten heeft neergezet, en ook waar hij is weggegleden. Een slingerende veeg.

Het verhaal laat me niet los. Dat er een jongen dood lag te gaan op het betonnen platform aan de voet van de brug, terwijl ik in ons huisje wat verderop langs het kanaal lag te slapen, het is een ondraaglijk idee. Rechtop in bed klap ik mijn laptop open en verduister het scherm een beetje om mijn slapende man niet te wekken. Behoedzaam zet ik het gele mannetje weer op de plek waar het ongeluk heeft plaatsgevonden, maar tegen mijn verwachtingen in beland ik op de oude draaibrug. De Google Maps-auto heeft nog geen beelden gemaakt van de nieuwe brug. Nostalgisch als ik ben loop ik wat rond over de verdwenen brug. Typische industriële architectuur, met roestige rondbogen vol klinknagels. En terwijl ik daar doelloos rondhang in het verleden, zie ik je ineens opduiken. Je komt over de brug gefietst. Hoe donker mijn scherm ook afgesteld staat, ik herken je meteen. Hoe je over het fietsstuur hangt, je brede schouders, je pluizige haar.

Ik verplaats de pijl een stukje naar voren en jij volgt me. Je blijft achter me aan fietsen. Als een kind dat geen genoeg kan krijgen van het kiekeboespelletje, verzet ik telkens de pijl, zodat ik opnieuw en opnieuw de sensatie kan beleven van je terug te vinden.

De beelden op Google Maps zijn vier zomers oud. Je bent een jongen van vijftien die buiten adem achter het camera-autootje aan fietst. Het laat zien hoe graag je bewaard wilde blijven, al strookt dat idee niet met je levenseinde. Misschien vond je het draaglijker om in herinneringen te mogen leven dan in het echt.

Intussen ben ik al drie straten van de verdwenen brug verwijderd, maar je blijft me trouw volgen. Maar dan ineens, ter hoogte van de fietsenwinkel, ben je weg. Ik draai een rondje, speur twee zijstraten af, keer terug naar de plek waar ik je het laatst heb gezien, maar je bent opgelost. Per ongeluk richt ik de pijl naar de lucht, die eindeloos groot en hemelsblauw is, maar ook daar ben je niet.

Intussen ken ik alle soorten van tranen, waardoor ik met zekerheid kan zeggen dat het dit keer geen tranen van ontreddering zijn, maar van grote dankbaarheid omdat je je nog een keer kenbaar hebt gemaakt. Ik keer terug naar de brug waar je het eerst in beeld verscheen. Om je nog dichterbij te brengen verhoog ik de helderheid van mijn scherm en zoom in. Je fietst zo naar me toe in het helderwitte licht van een late zomermiddag. Ik maak er een screenshot van. Het geluid van een ouderwets fototoestel. Toch is dit beeld heel anders dan de vele foto's die we van je hebben. Deze momentopname knipt een gat in de tijd, waardoor ik de warmte van de zomer van 2009 zo weer op mijn huid kan voelen. Je komt teruggefietst van het buitenhuisje van onze ouders. Je bent onderweg naar huis.

REIZEND SCHRIJVEN

Je dagboek is niet aan een schrijftafel ontstaan, maar op doortocht. Je schreef aan het volgekrabbelde tafeltje in de trein. Op je hotelbed, met een kussen in je rug. In het rumoer van de luchthaven. Zittend onder aan het heldhaftige standbeeld op het plein in Stockholm.

Ook dit boek schrijf ik voornamelijk onderweg. Om de wereldse rekeningen te kunnen betalen geef ik schrijfles. De school is anderhalf uur rijden met de trein. Vroeger durfde ik daar al eens over te klagen, nu weet ik dat een treinwagon mijn gedroomde schrijfhok is. Omdat schrijven het best gaat als ik in beweging ben, waardoor de woorden minder definitief lijken.

Ook op school, in de gestolen momenten tussen lestijden, zit ik aan dit boek te werken. Nooit in mijn klas of in de kantine, maar op mijn vaste stek: het voorlaatste hokje in het gendervrije toiletblok. Na zo'n schrijfsessie ga ik voor de klas staan en hang ik de echte schrijver uit. Mijn studenten gaan er ongetwijfeld van uit dat ik regelrecht uit de ergonomische stoel in mijn schrijfkamer kom. Ze hoeven niet te weten dat ik een kantlijnauteur ben, iemand die maar wat bij elkaar kriebelt op de wc-pot.

Op een zomerse ochtend zit ik in de stad te schrijven aan een openbare picknicktafel. In mijn feestkleren van de avond ervoor. Mijn make-up uitgelopen. Dakloos tot de school de deuren opent. Het is onmenselijk vroeg. Ik sta ervan te kijken hoeveel mensen er al gewassen en aangekleed op de been zijn. Ik deel de tafel met een groepje onbekende studentes, die nerveus zitten te doen boven hun samenvattingen vol fluokleurtjes.

De meisjes hebben hoge paardenstaarten en ze lachen naar me – kleintjes, onwennig –, maar duidelijk nieuwsgierig naar wat ik daar met zo veel vaart zit neer te tikken op mijn laptop. Ik ben een opzichtige schrijver, iemand die twee toetsenborden per jaar de vernieling in slaat. Neem daar die indrukwekkende feestjurk bij en je hebt begrip voor hun blikken. Om ze van hun argwaan af te helpen zet ik mijn koptelefoon af en stel ze wat beleefdheidsvragen. Ze laten me hun syllabus economie zien, wijzen aan hoe sadistisch klein de lettertjes gedrukt zijn. Met mijn vragen hoop ik de aandacht af te leiden van mijn eigen werkzaamheden. Een lastig hoofdstuk. De zwarte zak, de wilde dieren. Als de studentes in hun makkelijke trainingspakken zouden weten wat ik daar zit te schrijven, de heldere lucht boven hun hoofden zou donkergrijs kleuren.

Vermoedelijk heb ook jij tijdens het schrijven van je dagboek passages afgeschermd met je hand, uit angst voor de blikken van nieuwsgierige passanten. Ik denk aan de zombies in de nachttrein. Zouden ze niet zijn wakker geschrokken als ze wisten wat je daar in dat Moleskineboekje zat neer te kriebelen?

'Weer aan het werk, meisjes!' zeg ik, en om het goede voorbeeld te geven trek ik mijn koptelefoon weer over mijn oren. Als ik verder schrijf, voel ik dat één meisje niet terug in haar samenvatting is gedoken, maar me nieuwsgierig blijft aangapen. Ik negeer haar blik, want ik kan onmogelijk vertellen wat ik zit te schrijven. Ze is achttien, net als jij. Jullie hadden elkaar misschien wel leuk gevonden.

Omdat ik me toch een beetje schuldig voel, steek ik haar net voor ze vertrekt een stukje gum uit mijn pennenzak toe. 'En voor je het straks in de vuilnisbak dondert,' zeg ik, 'denk erom dat het een geluksgum is.' Het is een goedgelovig meisje, met een hinnikend lachje. Het stukje gum verdwijnt in haar borstzakje.

Een van de bijwerkingen van je dood is dat ik milder ben geworden voor mijn medemensen. Vroeger tolereerde ik ze alleen – tenminste, als ze met hun troosteloze leventjes op anderhalve kilometer bij me vandaan bleven. Ik hoefde het niet te horen, hun smakeloze muziek, hun gesmak en gebabbel, hun verhalen over microscopisch klein geluk.

Nu deel ik magische gommetjes uit aan vreemden.

Het heeft ermee te maken dat ik geloof dat je dagboek een ander einde had kunnen hebben als er tijdens die lange tocht naar het noorden iemand naast je was komen zitten. Iemand met tijd. Iemand met de juiste vragen. Ik ben vooral teleurgesteld in de man die onderweg is naar de bruiloft van zijn zus en die ten afscheid je kap over je hoofd trekt. Al ben ik me ervan bewust dat ik niet in de positie ben om hem verwijten te maken. Ben ik zelf niet met mijn kap over mijn kop getrokken aan je voorbijgelopen in de laatste maanden voor je dood?

Ook mijn vader komt in zijn schrijfsels opnieuw en opnieuw uit bij schuldgevoel. *Hoe de mensen ook op ons inpraten, het onderliggende schuldgevoel blijft woekeren. Hoe kan ik niet hebben opgemerkt dat mijn jongste zoon langzaam aan het weggaan was?*

Ook voor mij is het een schuld die ik nog altijd aan het aflossen ben. Ik betaal hem af in termijnen. In mijn werk met jonge mensen probeer ik de subtiele sporen van twijfel of verdriet te herkennen. Het gebeurt zelden dat ik na mijn lessen direct naar huis kan.

Op een ijskoude, natte winterdag sta ik op een bomvol perron op en neer te springen in een wanhopige poging om het weer warm te krijgen. Samen met een massa dicht op elkaar gepakte medereizigers sta ik te wachten op een trein die maar niet wil komen. Op het informatiebord lopen de rode cijfertjes van de vertraging alweer op. Een collectieve zucht, die door de kou zichtbaar is in de vorm van ademwolkjes. Op dat moment komt er een man het perron op gelopen. Hij draagt kapotte schoenen, die een flapperend geluid maken. Geduldig gaat hij de wachtenden af. Hij steekt zijn handen niet uit. Hij vraagt gewoon beleefd of iemand één euro kan missen. Er klinkt niks van medelijden door in zijn vraag. Als hij bij mij is gekomen, negeer ik zijn vraag – dat al mijn voorgangers hetzelfde hebben gedaan maakt dat een stuk makkelijker –, maar tijdens het korte contact vallen zijn lichtgevende ogen me wel op.

Als de trein zo'n kwartier later bulderend het station binnenrijdt, is de man al zo ver doorgelopen dat hij uit mijn zicht verdwenen is. Voortgeduwd door de massa stap ik de trein in en ik installeer me op het enige vrije plekje aan het raam. De plotse warmte maakt me duf en toch laat ik mijn zware oogleden niet dichtvallen. De lichtgevende ogen van die man blijven op me inwerken. Net voor we wegrijden raap ik haastig mijn spullen bij elkaar, trek een sprintje naar de uitgang en spring uit de trein. Op het intussen lege perron zie ik de man met de heldere ogen meteen staan, helemaal aan het uiteinde. Op mijn luide hakken ren ik naar hem toe en ik druk, zonder verder contact te maken, een euromunt in zijn handen. Dan draai ik me om, hopend dat ik nog net op tijd in de trein kan springen, maar sissend sluiten de deuren zich.

Toch voel ik niets van frustratie als ik even later op de koude stenen trappen van de stationshal ga zitten wachten op de volgende trein. Een opgelaten gevoel maakt zich van me meester. Ik ben er namelijk van overtuigd dat ik iets groots heb gedaan. Na jarenlange omzwervingen heeft die man met de kapotte schoenen besloten om terug te keren naar huis. Hij kwam alleen nog één euro tekort voor het treinkaartje. Die euro heb ik hem gegeven.

Ik leg mijn dolgelukkige hoofd op mijn knieën. In het donker is er niks te zien, maar ik weet gewoon zeker dat er vanavond, door mijn toedoen, ergens in een verduisterde slaapkamer een Nokiaatje zal oplichten. 'Hij is terug!'

HET MEISJE MET DE STRIK

Op de ochtend van je achtentwintigste verjaardag dwarrelt er een foto van ons samen uit *Canto General,* een bundel van Pablo Neruda, die ik heb gekocht tijdens een van mijn zoektochten naar de Amsterdamse boekhandel waar je even hebt uitgerust van al dat verdwijnen.

Als ik in zo'n winkeltje heb rondgedoold, voel ik me altijd verplicht om iets te kopen. Alsof er een vloek op me zou rusten als ik het belletje voor niks heb laten rinkelen. Zonder na te denken pak ik iets uit het rek wat er betaalbaar uitziet en reken het haastig af. Zo'n boek is mijn vrijgeleide om te ontsnappen uit het doolhof waarin je niet te vinden bent.

Ik herinner me het jonge meisje dat *Canto General* in een tweedehands tasje stopte en bij wie ik toen zo nadrukkelijk wilde controleren of ze donkere ogen had dat ze dacht dat ik haar probeerde te versieren.

Bij een ander bezoek aan een Amsterdamse boekwinkel kocht ik als vrijgeleide de verzamelde korte verhalen van Anton Tsjechov, samengebracht onder de titel *De dame met het hondje*. Pas in de trein naar huis drong de titel tot me door. En die verdomde moderne treinen hebben geen schuifraampjes meer om levensbedreigende voorwerpen door naar buiten te keilen!

De dichtbundel van Neruda zit alleen voor de sier in mijn boekenstapels. Ik heb hem niet gelezen, hem niet eens doorgebladerd. Het is me dan ook een raadsel hoe onze foto erin terechtgekomen is. Wel begin ik te vermoeden dat ik in mijn slaap je relicten verberg.

Naast de overbelichte foto op de Dam en de foto op de rondvaartboot waarop je ons iets aanwijst in de verte, is er dus ook een derde foto van de gezinsreis naar Amsterdam: ik die jou door de stad draag.

Die foto heeft jarenlang in mijn puberkamer gehangen, naast een reproductie van *Ophelia* van Millais. Ik had de foto bijgeknipt en op een stuk verschoten behangpapier geplakt. Het was sterker dan mezelf, ik liet foto's niet graag intact. Ik kleurde de lippen bij, tekende met goudstift aureolen om de hoofden, knipte de lelijke omgeving weg. Ik heb het er altijd moeilijk mee gehad om de werkelijkheid ongemoeid te laten.

De teruggevonden foto leg ik op mijn schrijftafel. Ik kijk er lang naar, gravend in mijn geheugen. In films zou er nu een flashback beginnen. Het geluid van een schuddend doosje lucifers zou overgaan in beelden van die middag in Amsterdam. We zouden je stem horen. Maar op het droogzwieren van mijn wasmachine na blijft het stil in huis.

Uit een bureaulade haal ik een andere foto en ik leg die ernaast. Het is een foto die ik maakte van een beeld in Parijs. Minutenlang was ik ervoor blijven staan.

Met die twee foto's voor me uitgestald schrijf ik iets voor je verjaardag:

Mijn broer is al tien jaar
niet meer jarig
Hij is stilgevallen,
achtergebleven
in een getal zonder gewicht

Op deze foto weegt hij nog zwaar
Ik draag hem door de straten van Amsterdam
Hij telt de ramen waar een rood lichtje brandt
en vindt het om te besterven
dat de mensen hier geloven
dat Kerstmis in de zomer valt

Vandaag kijk ik naar de foto
die ik maakte van het meisje in Parijs,
jaren na de dood van mijn broer
Daar, aan haar voeten,
dat weet ik nog goed,
legde ik hem neer
omdat ik hem niet meer kon dragen

Vandaag is er niets
Alleen niet en geen
Geen moed om op te staan
Niet weten hoe
Geen feest
Niet uitgenodigd
Boven achtentwintig kaarsen
kringelt rook
uitgeblazen door een broer
die niets meer wenst.

CEMENT

De enige zorgen die er in mijn kinderjaren waren, die fabriceerde ik zelf, in mijn hoofd, waar het altijd rumoerig was. Zo was er kort na je geboorte, midden in de les wereldoriëntatie, over de maanlanding, een vernietigende gedachte die ongevraagd in mijn hersenpan landde: mijn ouders hadden een oudste dochter en een oudste zoon, een jongste dochter en een jongste zoon. Maar wat was mijn rol?

Die avond kwam ik ontroostbaar thuis. Zelfs op schoot bij mijn moeder kwam ik niet tot rust. Er waren woorden nodig. De juiste woorden. En het was mijn vader die ze me toefluisterde: 'Jij bent ons cement, jij moet iedereen bij elkaar houden.'

Het is een anekdote die ik heel vaak heb verteld. Het was dan ook best een klap toen ik er bij het herlezen van *Een hart van steen*, van Renate Dorrestein, achter kwam dat ik dit klakkeloos uit haar boek heb overgenomen.

Dat betekent dat mijn vader me nooit 'het cement' heeft genoemd. Mijn kinderjaren zijn een plakboek vol onbetrouwbare herinneringen, aangevuld met gestolen regels uit boeken.

Ik voel me bedot. Door mezelf. Maar ook door mijn vader, die nooit heeft ingegrepen als hij me het cementverhaal hoorde oprakelen. Ik denk dat hij het zelf is gaan geloven. Dat hij zich dankbaar wentelde in de rol van troostende vader.

Toch is mijn kwaadheid maar van korte duur. Al heel snel slaat die om in dankbaarheid. Als ik het uit een boek gestolen heb, dan is die opdracht me in werkelijkheid nooit toebedeeld! Ik hoef dus niks of niemand bij elkaar te houden. In het licht van de huidige situatie is dat een immense opluchting.

Concurrentieel verdriet gaat over de vraag: wie heeft het recht op de meeste tranen, op het langdurigste rouwproces, de diepste stilte?

Toen mijn oudste zus op je begrafenis neerviel op de grote marmeren tegels van de kathedraal, leek het me duidelijk dat mijn pijn van inferieure kwaliteit was. Dat zij je pas echt miste.

De nacht na het slechte nieuws – in het bos, in het bos – sliepen mijn moeder en mijn oudste zus samen in één bed. Later beschreven ze die nacht als een herbeleving van hun bevallingen. Pijngolven die aan weeën deden denken. Ze hadden elkaar zo stevig vastgehouden dat ze er blauwe plekken op hun armen aan overhielden. Het klonk verschrikkelijk en toch voelden mijn jongste zus en ik ons buitengesloten. Wij hadden onszelf vastgehouden.

Een paar jaar later ging mijn jongste zus een maand rondtrekken in Schotland en voelde ik me buitengesloten. Later begon ik aan dit boek te schrijven en voelde zij zich buitengesloten. Toen mijn moeder jouw ingelijste foto uitstalde op de schouw, voelde mijn oudste broer zich buitengesloten. Toen mijn moeder die foto daarna weer weghaalde, voelde mijn vader zich buitengesloten.

Er was het verdriet om jouw verlies en er was het verdriet om alles wat we erna bleven verliezen. We leken besmet met verlies. En we hadden op voorhand niemand aangeduid als cement.

Ik heb nooit strijd geleverd voor de trofee van het grootste verdriet, omdat ik niet geloof dat ik er kans op maak. Wat ons verbond, is dat we op elkaar leken: twee luidruchtige sproetensmoeltjes, zwaarmoedige mythomanen. Maar we verschilden ook evenveel als dat we op elkaar leken. En zeker in de laatste jaren stond ik niet meer zo dicht bij je als mijn ouders of twee zussen.

Is het een vorm van zelfbescherming dat ik me je vooral herinner als een kind, toen ik wel een goede zus voor je was? Telkens weer moet ik denken aan die keer dat je in mijn studentenkamer kwam overnachten, omdat we de volgende morgen samen een middeleeuwse burcht zouden bezoeken. Je had je leren koffertje meegebracht, dat je overal mee naartoe zeulde, en ook je houten zwaard. In de tram van het station naar mijn studentenkamer was je onophoudelijk aan het woord en om je verhaal kracht bij te zetten zwaaide je in het rond met je zwaard, alsof je strijd leverde met onzichtbare vijanden.

Die avond lag je op een luchtbed naast mijn bed. Het was al lang stil, waardoor ik dacht dat je diep lag te slapen. Maar ineens was je stemmetje daar weer.

'Zullen we anders naar *Robin Hood* kijken?'

Ik legde uit dat dat niet kon, omdat ik geen tv of dvd-speler had.

'Wil je de film anders vertellen?'

Hoe ik er ook tegen opzag, in het donker, met mijn ogen dicht, begon ik de film na te vertellen, scène na scène. Om de zoveel minuten vroeg ik hoopvol of je al sliep en dan antwoordde je: 'Natuurlijk niet, we zijn toch nog niet aan het einde?'

Ik vind het best dat ik ergens achteraan hink met mijn verdriet. Dat ik dit boek schrijf is dan ook niet omdat ik je het hardst mis. Ook niet omdat ik je het best heb gekend. Dat ik het schrijf is omdat ik me, net als jij, alleen gewapend in het donkere bos durf te wagen. Met een houten zwaard. En met een verhaal als een harnas om mijn lichaam gebonden.

WOORDEN IN DE SNEEUW

Er zijn mensen die vinden dat ik dit boek beter niet kan schrijven. Dat het een manier is om me jou toe te eigenen. Maar hoe zou ik dat kunnen doen als ik me je amper herinner? Bij mijn grootouders lag een puzzel waar de doos van kwijt was, waardoor het voorbeeldplaatje ontbrak. De vijfhonderd en zoveel stukjes zaten in een lege doos van IJsboerke. Zodra ik je weer tot leven probeer te schrijven, ben ik weer het kind dat doelloos puzzelstukjes over het tafelblad schuift.

Aan het begin van dit boek durfde ik hoogmoedig te beweren dat ik je terug wilde schrijven. 'Ik wil je terugschrijven. Antwoorden op de afscheidsbrief die we niet kregen, omdat de poging in snippers in je vuilnisbak is beland.' Intussen ben ik erachter gekomen dat dit onmogelijk is, dat ik je op zo veel manieren kwijt ben geraakt dat ik alleen daarover kan schrijven. Over de spleten en gaten waarin je bent weggegleden.

Je hebt jezelf in snippers gescheurd en de lucht in gegooid.

Toen je weg was, dacht ik dat we de bodem van de put hadden bereikt. Toen je dood werd aangetroffen, bleek de put een dubbele bodem te hebben. En hoewel er geen overtreffende trap bestaat van weg, raak ik je nog wel elke dag meer kwijt.

Gelukkig hoor ik je af en toe fluiten in een liedje. *I'm happy just because / I found out I am really no one.*

Of je loopt schaamteloos door een gedicht, van Bernlef:

Laatste wolf trekt in noordelijke richting
waar de telefoondraden zwijgen

Het laatste huis, dan is hij alleen
met de sneeuw en de stenen en
staat plotseling stokstijf stil

Even trillen alsof een herinnering
door hem heen trekt

Hij schudt zijn vacht, als teken
vallen de woorden in de sneeuw

Nu is hij onzichtbaar

Je bent de gehaaste jongen op het Damrak in Amsterdam. Maar wees gerust: ik ren je niet meer achterna, omdat ik intussen weet dat je jaren voorsprong hebt. Wel zwaai ik naar je vanuit mijn broekzak.

In een boek over jouw einde ben ik als de dood voor de laatste zin. Daarom keer ik liever nog een keer terug naar het begin. Naar je eerste schooldag, toen je thuiskwam en onbedaarlijk huilde omdat je bij een spelletje op de speelplaats de hele tijd de wolf had moeten zijn. Snikkend bracht je uit: 'Ik wil geen Wolf meer zijn, want ik weet helemaal niet hoe laat het is.'

Er is maar één herinnering waarvan ik zeker weet dat ik die niet heb bijgekleurd, omdat er bewegend beeld van bestaat. Mijn man en ik waren verliefd geworden op een bouwvallig dijkhuis in de polders. En hoewel we zelf opgetogen waren, wisten we niemand ervan te overtuigen dat het mogelijk was om daar te leven. Het dak was voor de helft ingestort, het was overwoekerd door braamstruiken en de blauwe luikjes klepperden naargeestig, wat iedereen herinnerde aan de laffe moord die er was gepleegd. Toch wisten mijn man en ik zeker dat we daar wilden wonen. Overmoedig schreef ik een brief naar de eigenaar, die ons tegen alle verwachtingen in de sleutel kwam overhandigen. Een louter symbolisch gebaar, want alle ramen waren ingegooid. Toen we vroegen hoeveel huur we moesten betalen, begon die lieve man daverend te lachen. 'Huur! Voor dat krot! Er is geen water en geen kachel! Ik ben toch geen onmens, kind!' We gooiden het dan maar op een ander akkoordje: we mochten er gratis wonen, zolang we maar gelukkig waren.

Een gratis huis – natuurlijk waren we gelukkig! Mijn familie reageerde alleen iets minder opgetogen. Mijn oudste zus dacht dat mijn mythomanie me weer parten speelde. 'Bestaat dat huis wel?' En mijn moeder huilde toen we haar een rondleiding gaven. 'Waarom zou je hier in godsnaam willen wonen? Je hebt toch een diploma?'

Alleen jij vond het geweldig. Boven op de dijk stond je ons op te wachten, in de gietende regen, met een groot kapmes in je handen. Zonder regenjas, je haar in pieken langs je gezicht. Je zou ons helpen om een doorgang te maken naar het dichtgegroeide huis. Ik liep achter je aan terwijl jij je een weg hakte door de braamtakken. Ik geloof graag dat we er zonder jou nooit gekomen zouden zijn. Dat de jaren in dat huis, de jaren die me meer dan alles hebben gevormd tot wie ik ben, er niet zouden geweest zijn als jij de weg ernaartoe niet had vrijgemaakt.

Op een geheugenkaartje vind ik het filmpje terug van de dag dat we samen voor het eerst in ons huis naar binnen zijn gegaan. Het beeld is wiebelig. Mijn man loopt filmend achter ons aan. Het is een donker filmpje omdat de luiken van het huis dichtzitten. Alleen jouw opgelaten stem is in het donker te horen. We zien je op de rug langs de schimmige contouren van achtergelaten meubilair lopen – een soort zwijgende reuzen, waar jij soepel omheen beweegt. Je duwt de kralen van de vliegenlinten opzij en loopt in een rechte lijn naar het uitgehakte kachelgat in de schoorsteen. Lachend steek je je hoofd erin, om het er meteen weer uit te halen. Je lijkt geschrokken, zegt: ‘Stel je voor dat er zich een kerel in de schoorsteen heeft opgehangen.’ Je veert op en rent weg. Je hoort mij lachen, de camera draait om je te zoeken, vindt je niet, en dan stopt het filmpje. Pas nu besef ik dat je echt bang was.

Toen ik al een gezin had, kwam je graag op bezoek in het opgeknapte dijkhuis. Je lag in het hoge gras verscholen op ratten te schieten die in het kippenhok naar restjes eten zochten. Met ontbloot bovenlijf rolde je met onze grote herdershond door de boomgaard. Of je gooide mijn kinderen metershoog de lucht in en vroeg: ‘Je wordt toch niet boos als ik er eentje breek, hè?’

Ik heb een keer midden in de nacht frieten voor je staan bakken, gewoon omdat je maar bleef herhalen hoeveel zin je daarin had. In mijn leven was tijd een kostbaar goed. Jij kon nog voltijds spijbelen en lanterfanten. Heel vaak moest ik een einde aan je bezoekjes maken met de woorden: ‘Moet je niet weer eens gaan?’

Nu besef ik dat het mijn beurt is. Dat ík maar eens moet gaan.

Dan kan ik onderweg mijn laarzen ophalen die in dat veld zijn blijven staan. En misschien ook mijn kinderschoenen die nog op die hooizolder rondslingeren, samen met de woorden die ik toen in het oor van mijn vriendinnetje fluisterde.

‘Ik krijg een broertje.’

REIS NAAR HET EINDE

Het eindpunt in een roman is het magnetische noorden waar mijn pen altijd vanzelf naartoe wordt gezogen. Maar nu ligt dat anders. Mijn slotzin voelt onaf. Als een aasgier blijf ik eromheen cirkelen, met steeds dezelfde conclusie: ik heb een pseudo-einde geschreven.

Natuurlijk moet ik aan jou denken. Hoe je één halte voor de echte eindhalte uit de nachttrein stapte.

Het vreemde is dat ik niet begrijp hoe het komt. Nerveus blader ik door mijn manuscript, herlees de hoofdstukken op zoek naar de plek waar ik verhaaltechnisch de mist in ben gegaan, maar ik kan er de vinger niet op leggen. Waarom laat het einde me in de steek?

Het lijkt me verstandig om het een paar weken te laten rusten. Dan krijg ik een bericht van een vriendin, die me nooit berichten stuurt. Daarvoor heeft ze het te druk met ploegen, oogsten en het begraven van doodgeboren lammeren. Met haar niet meer schoon te wassen vingers heeft ze midden in het spruitkoolveld een bericht naar me getypt:

Lara, als we voor je verjaardag nu eens samen naar Zweden zouden gaan. Om Wolf te groeten. Ik geloof dat je daaraan toe bent.

Het bericht is van de vriendin die mijn autogordel vastklikte, nadat mijn vader had gebeld om te zeggen dat je was gevonden.

Ze weet dat het de reis is die ik al jaren uitstel. Misschien wel uit angst voor het grote einde, voor de cirkel die zich sluit.

Mijn ouders hebben de reis naar het noorden wel gemaakt. Twee keer. Een keer in de zomer en een keer in de winter. Iemand had mijn moeder bang gemaakt – dat haar tranen konden bevriezen, met onherstelbare oogschade als gevolg, waardoor mijn moeder de winterse reis bijna niet had gemaakt. Elk excuus leek goed om niet te hoeven voelen hoe koud min dertig graden werkelijk aanvoelt.

Zeggen dat ik bang was voor het land Moleskine was mijn grootste angst uit de weg gaan. Het kerstbomenwoud. De plek waar ook het gele mannetje van Google niet durfde te komen.

Toen mijn ouders je in de zomer volgend op je begrafenis achternareisden, werden ze vergezeld door de politieman die erbij was gehaald nadat de vrouw met het hondje je had gevonden.

Hij stond mijn ouders met gekruiste armen op te wachten bij de voetgangerstunnel. Mijn moeder houdt vol dat hij een kogelvrij vest droeg, maar telkens als ze dat vertelt, schudt mijn vader op de achtergrond zijn hoofd van nee.

Mijn moeder omhelsde de politieman, omdat mijn moeder een niet te onderdrukken neiging tot verzorgen en omarmen heeft, maar ook omdat ze die man wilde laten voelen dat ze hem op een verwarrende manier dankbaar was.

Bij thuiskomst noemde mijn moeder de politieman consequent de Viking. Een leven lang zapte ze weg als er iets van criminaliteit op tv was. Ze wilde de sprookjesversie, met een bos, een Viking en een neergestorte jongen met gebricoleerde vleugels van papier op zijn rug.

In elke versie van het verhaal wordt de Viking breder en groter.

Mijn moeder voelde zich een musje toen ze in zijn armen lag. Met haar gezicht tegen zijn borstkas gedrukt, die zo gespierd was dat het evengoed een kogelvrij vest kon zijn. Het duurde even voor ze begreep dat het geluid dat ze niet kon thuisbrengen het diepe snikken van de Viking was. Zijn warme tranen belandden in haar haar. Een beeld dat mijn vader zo trof dat hij de tranen ook niet meer kon tegenhouden. Het verdriet gulpte eruit, samen met een oerklank die weergalmde in de tunnel.

Aan de ingang van de tunnel stond mijn moeder nu met onder elke arm een verdrietige man. Zelf nam ze zich voor om haar tranen nog even te sparen.

In het bos hervindt de Viking zijn moed. Met stevige pas loopt hij voorop, op zijn combats, hier en daar zwierig buigend voor een laaghangende tak. Zwijgzaam wandelen mijn ouders hem achterna in de gespikkelde schaduw van het zomerse naaldbos. Ze wapperden met hun handen voor hun gezichten, want het wemelt er van de muggen.

Kilometerslang lopen ze door dat geurige bos, over een zacht verend tapijt van dennennaalden, langs steeds dezelfde hoge, slanke stammen. Op een bepaald moment stoot mijn moeder mijn vader aan en fluistert: 'Zou die man werkelijk nog weten waar Wolf gestorven is, of doet hij maar alsof?'

Weer een hele tijd later blijft de Viking staan. Hij richt zich tot mijn ouders met de boodschap dat ze op de plek zijn beland waar je... Hij maakt zijn zin niet af. Misschien omdat hij mijn ouders niet nodeloos pijn wil doen. Misschien omdat hij zelf liever niet wil terugkeren naar de dag dat de gesmolten sneeuw van de takken op je dode lichaam drupte.

Mijn moeder gelooft de Viking niet, maar ze neemt het hem ook niet kwalijk. Ze denkt: die man wil gewoon dat we ons verdriet ergens kunnen neerleggen. Te vermoeid voor weerstand legt ze een bosje dieppaarse bloemen neer, een boeket dat ze onderweg heeft geplukt, als een volleerd Roodkapje.

De Viking gaat op zijn knieën zitten en geeft mijn moeder te verstaan dat ze hetzelfde moet doen. Met zijn grote handen schept hij een hoopje rulle aarde bij elkaar en legt het in mijn moeders handen. Mijn moeder denkt dat het een oeroud Sami-ritueel is en probeert het zo eerbiedig mogelijk uit te voeren.

Ze kijkt naar het hoopje aarde dat in haar handen is gelegd en dan ziet ze het. Tussen de verdroogde bosgrond en de verdorde naalden zitten stofsnippers. In een kleur die ze uit duizenden herkent. Roestbruin. Zoals de jas die je droeg op je vermissingsfoto.

Tijdens de winter van je verdwijning waren we met z'n allen maar op één kleur gericht: roestbruin. Overal in het straatbeeld, al was het maar een muts in de verte, lichtte er iets van hoop op zodra die kleur verscheen.

Nu kijkt mijn moeder naar beneden en ziet het laatste beetje hoop in snippers en fragmenten in haar handen liggen.

Op dat moment, zo vertelde ze later, durfde ze voor het eerst onder ogen te zien dat ze je voorgoed kwijt was. Toen was het aan de mannen om haar te troosten. Vier handen, vier armen.

Dat handje aarde staat in een glazen kistje op de schouw bij mijn ouders thuis. Als er niemand in de kamer is, pak ik het wel eens op. En schud ermee, zoals je met een sneeuwbol zou doen. Maar het doosje zit volgestouwd. De roestbruine snippers dwarrelen niet als sneeuw.

*

Op 10 juli, even na tien uur 's avonds, zit ik op het perron van Stockholm Centraal op de nachttrein te wachten. Op mijn schoot een *kanelbullar*, die ik bij wijze van troost heb gekocht, maar waar ik nog geen hap van heb genomen. De twee duiven aan mijn voeten wachten geduldig tot ik weer wat kruimels laat vallen.

De vriendin is niet meegekomen. Ik heb gezegd dat ze thuis moest blijven, bij haar groentegewassen en haar schaapjes, omdat ik geloofde dat ik deze reis alleen moest maken. Daar heb ik nu ontzettend veel spijt van. Want ik ben bang.

Werkelijk doodsbang ben ik. Het maakt me lam en misselijk tegelijk. Elke traptrede een afgrond.

Ik schrik op, voor de zoveelste keer. Onophoudelijk denk ik de nachttrein te horen naderen. In gedachten heb ik er een monsterlijk gevaarte van gemaakt. De fluitende stoomtrein die Anna Karenina omverblies.

De reis naar het noorden duurt zeventien uur, en het laatste wat ik wil is zeventien uur lang alleen zijn met mijn gedachten.

In een poging om tot rust te komen herlees ik de vele berichten die ik de afgelopen dagen heb ontvangen van het thuisfront. Mensen die me moed wilden wensen voor mijn reis naar het noorden. Het mooiste bericht kwam van mijn schoonzus:

> *Toen ik 30 jaar terug in Stockholm rondfietste, stond er midden in de stad een olifant zich te douchen in de rivier. Ontsnapt uit de zoo. Wil je de olifant van me groeten? Ik weet zeker dat jij hem terug zult vinden. Daar ben je immers schrijver voor!*

Een ontsnapte olifant die zichzelf staat te wassen in de rivier – het is een fenomenaal beeld en toch kan het me niet afleiden van het donker dat op me wacht in het noorden.

Ik denk aan alle honderden keren dat mijn trein vertraging had toen me dat niet denderend uitkwam: technische defecten, wandelaars op het spoor, omgewaaide bomen, mensen die het spoor bijster waren, een ontsnapte panda uit Blijdorp.

Op de panda's reken ik niet, maar er is altijd een kans dat er zich een eland pontificaal in de Zweedse spoorbedding heeft genesteld. Ik heb geen god meer, maar ik verstrengel mijn vingers toch en smeek in stilte om vertraging. Vertraging op vertraging op vertraging, tot de verlossende woorden door de luidsprekers komen: de nachttrein is afgelast.

Er komt iets anders door de luidsprekers. In het Zweeds en in het Engels wordt aangekondigd dat de nachttrein in aantocht is. Haastig kijk ik achterom. Naar het lichtgevende groene EXIT-bordje bij de roltrap. Een mannetje dat ervandoor wil.

Ik adem diep in en als ik uitadem vliegen de duiven op, wat niet komt door mijn ademtocht, maar door het binnenrijden van de nachttrein.

Hij rijdt veel stiller dan ik het me had voorgesteld. Alsof de wielen boven de sporen zweven. Maar de trein is wel een stuk angstaanjagender dan wat ik me had voorgesteld: een pikzwarte machine van gegolfd metaal.

Snel sluit ik mijn ogen, alsof ik de trein zo nog kan stoppen. In het donker achter mijn oogleden probeer ik te bedenken waar ik zo bang voor ben. Is het de gesloten constructie van een trein in beweging? Het feit dat er geen ontsnapping mogelijk is, dat deze trein me onherroepelijk zal afleveren bij het eindpunt: de kilste plek uit mijn leven?

Ik ben onderweg naar de plaats waar jij het laatst bent geweest, maar wat als ik erachter kom dat je daar evenveel niet bent als op alle andere plekken waar we je sinds je vermissing hebben gezocht?

De trein valt stil en even later gaan de deuren zacht sissend open. Een tiental vermoeide passagiers stapt uit. Met verbeten gezichten trekken ze grote trolleys achter zich aan. Ik kan ongemerkt bij ze aansluiten, ze zwijgzaam volgen naar de uitgang. Terug naar buiten. Terug naar huis. Dan plak ik mijn ongebruikte treinticket naast dat van mijn vader uit 1976. Souvenirs van twee heimweereizigers.

De andere wachtenden bewegen zich al in de richting van de trein. Werktuiglijk laat ik me door hen meezuigen, op slappe benen.

Voor de deuren van mijn rijtuig staat een meisje met een lange pony, die ze verveeld uit haar gezicht blaast. Ze ziet eruit als iemand die gedichten schrijft, gedichten die er schattig uitzien, maar scherp zijn als gebroken glas. Er is ook een opvallend mooie jongen, die een paar gele gummilaarzen heeft meegebracht in een afgeleefde boodschappentas. Er is ook een oudere vrouw die een pot verf en een verfroller draagt, alsof ze de nachttrein zo meteen van een kleurtje zal voorzien.

Dit zullen mijn reisgenoten worden naar het noorden.

Binnen helpt de mooie jongen iedereen met het wegleggen van de bagage. Met zijn lange armen en benen is hij geknipt voor deze taak. Mijn rugzak schuif ik snel onder mijn zitplaats. Vanwege de inhoud durf ik hem niet uit handen te geven.

We nemen plaats rond het kleine tafeltje en nog voor we het station uit zijn gereden vertelt iedereen waar ze naar onderweg zijn. De vrouw met de pot verf toont op haar telefoon een foto van haar buitenhuis, waar ze de keuken opnieuw zal schilderen. Ze tilt het deksel van de pot verf op om ons de kleur te laten zien. Lentefris groen. In gedachten schilder ik de nachttrein in die kleur en als vanzelf word ik vanbinnen ook wat lichter.

Ik ben in de war, had gedacht dat er couchettes zouden zijn, maar er zijn alleen zitplaatsen per vier rond een tafeltje. Blijkbaar heb ik een goedkoop ticket gekocht. Maar ik mag me gelukkig prijzen, zegt het meisje met de lange pony. In de slaapwagens zitten de snobs. ‘Die doen niet eens moeite om het gezellig te maken.’ Iedereen in de wagon lacht.

Ik vertel dat ik een moeilijke slaper ben, maar mijn medereizigers stellen me gerust. Ze zeggen dat slapen altijd wel lukt. De mooie jongen laat zien hoe hij het doet: hij rolt een wollen trui om zijn hoofd en legt zijn gemummificeerde modellenhoofd op de tafel.

We zijn nog niet vertrokken en ik vind het hier al leuk. Heel even voel ik me daar schuldig over. Hoor ik geen zeventien uur lang te rouwen, op zoek te gaan naar jouw schim, die achter het raam zit te schrijven in een Moleskine-schrift?

'En jij,' vraagt de vrouw met de verfpot, 'wat ga jij in het noorden doen?'

Ik besef dat ik op het punt sta de pret te bederven.

'Het is een droevig verhaal,' hoor ik mezelf zeggen, en meteen zijn alle ogen op mij gericht. Nu moet ik er alleen nog voor zorgen dat ik het goed vertel. Niet te snel. Met de juiste aanloop. Een goed verhaal vertellen, dat is mijn job. Ik haal diep adem, maar er dient zich geen geschikte beginzin aan.

Ik besluit het dan maar zonder woorden te doen. Uit de bovenklep van mijn rugzak haal ik een cadeautje, slordig ingepakt in geruit papier. 'Het is geen cadeautje,' zeg ik. 'En toch ook wel.' Met mijn vingernagel maak ik het plakband los en uit het ritselende papier komt een oude inktpot tevoorschijn, van verweerd glas. Er zit aarde in. 'Uit de tuin van het buitenhuis van mijn ouders,' zeg ik. Mijn medereizigers zijn een en al oor. Ik zet de inktpot tussen ons in op het treintafeltje. Het meisje met de lange pony gaat diep vooroverhangen om ernaar te kijken. 'Die aarde wil ik naar mijn broer brengen. Hij is gestorven in de bossen in Lapland. Ik heb voor een inktpot gekozen, omdat hij ervan droomde om schrijver te worden.'

Ik zeg niet dat ik in jouw plaats schrijver ben geworden. Dat ik op je begrafenis heb beloofd om je dromen waar te maken. Dat mijn debuut een jaar na je overlijden is verschenen en dat ik me daar trots en schuldig tegelijk over voelde.

De vrouw van de verfpot legt haar hand op mijn hand. De hand waar de inktpot onder zit. De inktpot waar de aarde in zit. De aarde die ik bij elkaar heb geschraapt op de plek waar je zo graag speelde. Toen je nog een jongetje was. En je me zo graag doorkliefde met je houten zwaard, omdat ik zo ingeleefd een pijnlijke dood kon naspelen.

Schimmen zijn onbetrouwbare dingen. Ik wilde je terugvinden als jongen van achttien, schrijvend, met je hoofd leunend tegen het raam van een schommelende nachttrein. Maar ik zie je alleen als kind van vier, hoe je me angstig door elkaar schudde. 'Wakker worden, Lara! Niet meer dood zijn!'

De mooie jongen haalt zijn kauwgum uit zijn mond, rolt die in een kassabon en gooit het goedje in het klepperende vuilnisbakje. 'Ik denk dat we zo meteen gaan vertrekken.'

*

De hele rit naar het noorden verschijn je niet. En ook tijdens het lezen van je dagboek hoor ik je stem niet weerklinken, zoals in de films, in een heldere voice-over. Mijn vader heeft me, net voor ik vertrok, de ongecensureerde versie toegestoken. Nu ik je ook in die versie niet hoor, weet ik dat je voor altijd zult zwijgen. Ik heb lang gedacht dat ik liever filmmaker dan schrijver wilde zijn. Nu bedenk ik dat een film in tegenstelling tot de literatuur nooit iets kan vertellen over het diepste verdriet: over de pijn die huist in geschreven woorden die hun stem verloren zijn.

Af en toe dommel ik in, in de houding die de mooie jongen ons heeft voorgedaan, maar ook in mijn dromen hou je je koest.

We zijn vanuit het donkere Stockholm vertrokken, maar zo'n drie uur later is het ineens klaarlicht buiten. Dit moet de middernachtzon zijn. Het lijkt op daglicht, maar ook weer niet. Het is het onwezenlijke licht dat ook in surrealistische schilderijen hangt. Een slechte imitatie van de werkelijkheid.

Het meisje heeft een flanellen pyjama aangetrokken en ligt verscholen onder haar grote pony te slapen. De vrouw met de pot verf heeft een bonte gebloemde deken over zich heen getrokken. Een snurkende bloemenberg. De mooie jongen loopt gepikeerd door het gangpad, want zijn beproefde slaapmethode blijkt vannacht niet te werken.

Buiten, achter het raam, schuiven onophoudelijk bomen voorbij: naaldbomen en jonge berken. Ik kijk ernaar tot mijn oogleden zwaar worden en ik weer in slaap val.

In de vroege ochtend schudt de vrouw met de pot verf me wakker uit mijn diepste slaap. Ze zegt dat ze bij haar halte is aangekomen. Weer neemt ze mijn hand vast en geeft er een kneepje in. Met dat kneepje wordt veel gezegd. Ik knijp terug, probeer ermee te zeggen dat ze me een licht, lentegroen gevoel heeft gegeven.

Dan pas zie ik dat ook de andere stoelen rond onze tafel leeg zijn. Dat mijn andere nachtvrienden eerder al zijn uitgestapt. Zomaar uit mijn dromen weggeslopen.

Als de vrouw met de pot verf op het perron staat, drukt ze haar neus kort tegen het raam. Het is zo'n liefdevol gebaar dat ik me volkomen verloren voel als ze erna uit het zicht verdwijnt. Ook de kille angst is ineens weer helemaal terug. Straks rijd ik helemaal alleen jouw station binnen, jouw eindhalte. Dan is er geen weg terug. Dan is er alleen nog de wandeling naar het grote bos.

Ik weet niet of ik klaar ben om straks over de weg te lopen die we zo goed kennen van Google Maps. Digitaal zijn de paden tussen het station en de voetgangerstunnel diep uitgesleten.

Maar echt bang ben ik voor het kerstbomenwoud. Waar geen pieken en geen pijlen zijn. Alleen takken in de vorm van de letter W.

Mijn moeder heeft Roodkapje heldere ogen en zwart haar gegeven, maar ondanks de treffende gelijkenis is dít Roodkapje wel bang voor de wilde dieren in-het-bos-in-het-bos.

Meer en meer begin ik mijn moeder te geloven. Dat de Viking inderdaad een kogelvrij vest had aangetrokken, dat hij het bos anders niet in durfde.

Ik ben ook bang om aan te bellen bij de vrouw met het hondje. Mijn vader heeft haar adres op een post-it geschreven. Als ik ernaar kijk, hoor ik ergens in mijn achterhoofd een vrolijke deurbel weerklinken. Ik oefen mijn openingszin. 'Ik ben de zus. De zus van het broertje dat je leven overhoop heeft gegooid. *Wolf's sister.*'

Bij leven was je ons broertje. Altijd het kleine broertje van. Je werd gedefinieerd aan de hand van ons. Nu dit boek bijna af is, besef ik dat dit veranderd is. Dat wij allemaal gedefinieerd worden door jou. Dat we jouw broer of zus zijn geworden. Hertekend door jouw verhaal. *Wolf's sister.*

Ik ben bang dat de vrouw met het hondje ongevraagd zal beschrijven wat ze heeft gezien die dag dat de takken drupten. Bang dat haar beschrijving in gebrekkig Engels beklemmender zal zijn dan de politiefoto's in de nooit geopende envelop.

Bang ook dat het hondje onder de tafel mijn hand zal likken.

Ik besef dat ik de afgelopen dagen in Stockholm amper heb gepraat. Klinken mijn gedachten daarom zo luid?

Net als jij heb ik tijdens mijn verblijf in Stockholm maar een handvol mensen ontmoet – korte ontmoetingen, die toch een diepe indruk maakten. Zoals de slager die het Engelse woord voor 'slager' niet kende en zei: '*I cut the meat from the heads of pork.*' Waarna ik niet meer durfde te zeggen dat ik schrijver ben, bang om verwaand te klinken.

Er was ook het meisje met de gitzwarte haren dat in het vegetarisch restaurant werkte en samen met mij op haar knieën op de vloer zat om sneden brood op te rapen, nadat ik op weinig elegante wijze de broodmand omver had gestoten.

Er was weinig volk in het restaurant, waardoor het meisje na het opruimen van het gekatapulteerde brood bij me kwam zitten, op het terras. Ze keek toe hoe ik at, wees aan wat zij het lekkerst vond op mijn bord.

In geen tijd zijn we verwikkeld in een diep gesprek. Ze vertelt dat ze op haar negentiende alleen naar Lapland is getrokken. 'Maar je bent wel teruggekeerd?' vraag ik, en bij wijze van antwoord steekt ze haar armen hoog in de lucht. 'Helemaal terug!'

Ze blijkt van hetzelfde geboortejaar als jij. Iets wat me nooit onberoerd laat, maar dat hoeft dit meisje natuurlijk niet te weten. Voor haar is 1994 het jaar dat Kurt Cobain dood werd aangetroffen in zijn tuinhuis in Seattle.

Ze laat me even alleen en komt dan terug met een groot stuk bosbessentaart op een blauw bord. Als ik in mijn tas op zoek ga naar mijn portemonnee, schudt ze met haar handen. Ze wil me dit geven.

Terwijl ik stevige happen verorber van een werkelijk voortreffelijke taart, vindt ze het nodig om me met haar hoofd scheef aan te kijken. Dan volgt er iets wat veel weg heeft van een liefdesverklaring: 'Je bent als de zus die ik nooit heb gehad.'

Het is mijn taak om haar weer met de voetjes op de grond te zetten. 'We hebben nog niet eens onze namen gezegd!' Ze lacht. Ze lacht luid. Blijkbaar is ze al vaker te hard van stapel gelopen. Dan steekt ze haar hand uit: 'Josefina.'

*

Zeventien uur heb ik de tijd gekregen, en toch ben ik niet klaar als er wordt omgeroepen dat we jouw station binnenrijden. Haastig scharrel ik mijn spullen bij elkaar en prop alles in mijn rugzak. Weer wordt de naam van jouw station omgeroepen, dwingender dit keer, en ik heb nog niet eens schoenen aan.

Met mijn laarzen in de hand en mijn rugzak rommelig ingepakt, ren ik naar de deuren. Geen beetje te vroeg, want door de ramen van de treindeuren zie ik de natgeregende tegels van het perron al voorbijschuiven. En dan doemt ook het stationsgebouw op. Een gebouw opgetrokken uit zwartgeschilderde houten planken. Er bestaan vriendelijke bouwwerken, maar dit ziet er naargeestig uit. Als je er met je ogen samengeknepen naar kijkt, lijkt het alsof het in de fik heeft gestaan – zwartgeblakerd.

Ik heb het nodig om het onder woorden te brengen, omdat ik het anders niet kan geloven. Ik sta in de trein die jouw eindhalte binnenrijdt.

Hierna zijn er geen tussenstops meer. Hierna is er alleen de weg naar het bos. Thuis heb ik me voorgenomen om in de tunnel je naam te roepen. Gewoon om nog eens te horen hoe het klonk als ik van beneden aan de trap je naam riep, om te zeggen dat het eten klaar was. Nu weet ik niet of mijn stem geluid zal willen produceren.

Ik heb ook een stift meegebracht, zodat ik je naam op de wanden van de tunnel kan schrijven. Klein, onopvallend. Maar onder je naam, in koeien van letters: WIJ WEL VAN JOU!

Dan valt de trein schokkend stil en pal voor mijn neus staat het bord dat mijn vader heeft beschreven en waarop staat dat we zonet 1313 kilometer hebben afgelegd. Het verklaart mijn wankele hoofd.

Sissend gaan de treindeuren open. Ik adem diep in, maar blijf staan waar ik sta, honderd kilometer boven de poolcirkel, op m'n sokken. Angsten rollen over elkaar heen. Ze zijn niet meer van elkaar te onderscheiden. Koude golven die me doen rillen.

Ik kijk achterom. De trein in. Ik kan mijn lege zitplaats van daarnet zien. Wat als ik gewoon weer ga zitten, doe alsof ik me vergist heb? Ik hoef niet uit te stappen! Ik ben schrijver. Ik kan alles ook gewoon verzinnen. Die hele tocht naar dat bos, die zuig ik gewoon uit mijn duim. En dan schrijf ik erachteraan: écht gebeurd!

Het is niet alleen het bos waar ik bang voor ben, maar ook dat ik hier in het noorden evenmin een slot zal vinden voor dit boek. Waardoor het einde voor altijd open en etterend zal blijven.

Bang ook dat ik het einde hier wel zal vinden en dat dit boek werkelijk gepubliceerd wordt, waardoor *de samenzwering van stilte* onherroepelijk doorbroken wordt, en dat dit me nooit zal worden vergeven door de mensen met wie ik jarenlang onder het nachtblauwe plafond heb liggen dromen.

Ik denk aan de afgebladderde nagellak op de vingernagel van mijn oudste zus. Hoe haar vinger ons de weg wees over de plattegrond van een onbestaand dorp.

Uiteraard denk ik ook aan mijn vorige reis met de nachttrein. Hoe rustig ik was, gewoon omdat mijn oudste zus bij me was. Zij wist overal de weg en ze hield mijn paspoort bij zich, in een mapje in haar handtas van gevlochten leer. Ik zie ook haar trillende pentekeningen weer voor me op de treintafel en besef dat ik door haar altijd heb geloofd dat ik eruitzag zoals op die tekeningen. Elke spiegel was een shock. Maar ik ben haar eeuwig dankbaar dat ze me hertekende.

Ik hoop dat jij het niet erg vindt dat ik jou hertekend heb. Herschreven. Dat ik je lichaam in een verhaal heb gewikkeld. Een verhaal in een verhaal in een verhaal in een verhaal. Alles om je te beschermen tegen de kou. Alles om je te beschermen tegen het echte verdwijnen.

Ik adem diep in. Probeer niet aan tunnels en aan bomen te denken. Maar mijn gedachten zijn een nauwe tunnel geworden die onvermijdelijk uitkomt op een dicht bos.

Bij de andere treinstellen zijn reizigers volop bezig uit te stappen. Iemand tilt een kinderwagen naar buiten.

In mijn tas zit niet alleen een inktpot, maar ook een pot pindakaas, en keurig opgerold: de antieke kerstslinger, die ik op zolder bij mijn ouders uit een doos kerstornamenten heb gevist. Ik probeer me vast te klampen aan de plannen die ik thuis heb gemaakt. Ik ga die spullen straks neerleggen op de plek waar je gevonden bent, gewoon zodat ik iets omhanden heb.

Mijn vijftienjarige zoon heeft de kerstslinger gerepareerd en wat mijn vader schreef in de brief aan zijn reeds gestorven zoon bleek te kloppen: doordat de sneeuwster niet meer werkte, gaven ook de dennenappels, de engelen en de lantaarntjes geen licht meer.

Mijn zoon was trots toen hij de slinger na veel gepruts weer aan de praat kreeg, maar hij wilde toch weten wat ik ermee van plan was. 'In dat bos is geen stopcontact, hè mama. Hij zal niet ineens miraculeus licht gaan geven.'

Dat weet ik. Dat weet ik heel goed. Als de afgelopen jaren me iets hebben geleerd, dan is het wel dat niks zomaar ineens weer miraculeus licht gaat geven.

Op de ochtend voor mijn vertrek ben ik nog snel naar de boekhandel gefietst. Omdat ik, net als jij, het gevoel had dat ik voor deze reis een talisman nodig had. Het geeft me een beschermd gevoel dat het boek bij me is. Op de bodem van mijn rugzak.

Over het perron loopt een groepje wandelaars voorbij. Zij zijn wel uitgestapt. Op hun stevige stappers zijn ze onderweg naar de laatste wildernis van Europa. Jaloers kijk ik ze achterna. Ik ga nooit meer wandelen, dat laten mijn stijf geworden benen me duidelijk weten. Ik ben gedoemd om hier te blijven staan, op mijn sokken.

Het zwartgeblakerde station staart me aan. Daarachter, onvermijdelijk, de weg naar het bos.

Tussen mijn voeten en het perron ligt een greppel van hooguit een halve meter breed. Als kind begreep ik al dat het een verdwijngat is. Ik moet denken aan al die keren dat we met onze moeder de trein namen en hoe ze net voor het uitstappen een voor een onze hand vastgreep en de magische woorden sprak: 'En dan nu een reuzenstap.' Dat zinnetje was nodig om de levensgevaarlijke kloof te overbruggen.

Ik probeer de stem van mijn moeder op te roepen, maar haar woorden liggen een reuzenstap te ver verwijderd in het verleden.

Op de bodem van mijn rugzak zit de talisman, ingepakt in bruin papier. Ik leg mijn hand op mijn rugzak. En het is alsof ik het boek werkelijk kan voelen, alsof het een hartslag heeft. De titel staat in glimmend zilverblauwe letters op de kaft.

Reis naar het einde van de nacht.

En aangezien ik altijd blind vertrouw op verhalen, stap ik uit.

Heb je zelfmoordgedachten? Hulp is beschikbaar. Praat vandaag nog met iemand: bel 0800-0113 (Nederland) of 1813 (Vlaanderen).

Lara Taveirne (1983), een van de bijzonderste stemmen van haar generatie, schreef reeds vier romans, waaronder *De kinderen van Calais* (2014, winnaar Debuutprijs van de stad Antwerpen, genomineerd voor de Bronzen Boekenuil) en het goed ontvangen *Pluto* (2021).